L'ASSASSIN À LA POMME VERTE

CHRISTOPHE CARLIER

L'ASSASSIN
À LA POMME VERTE

SERGE SAFRAN ÉDITEUR

MIXTE
Papier issu de sources responsables
FSC® C003309
www.fsc.org

Pocket, une marque d'Univers Poche, est un éditeur qui s'engage pour la préservation de son environnement et qui utilise du papier fabriqué à partir de bois provenant de forêts gérées de manière responsable.

ISBN : 978-2-266-23785-7

Pour Mercedes Deambrosis,
évidemment

« Entre les pensionnaires, il y en avait une, à peu près de mon âge, et qui était assez jolie pour se croire belle, mais qui se la croyait tant (je dis belle), qu'elle en était sotte ; on ne la sentait occupée que de son visage, occupée avec réflexion ; elle ne songeait qu'à lui, elle ne pouvait pas s'y accoutumer, et on eût dit quand elle vous regardait, que c'était pour faire admirer ses grands yeux qu'elle rendait fiers ou doux, suivant qu'il lui prenait fantaisie de vous en imposer ou de vous plaire. »

MARIVAUX, *La Vie de Marianne*, V[e] partie

Dimanche

Craig

C'est après la descente d'avion, après les formalités et les désagréments d'usage, quand j'ai pu enfin prendre place dans un taxi, que j'ai vraiment eu le sentiment d'être en France. La voiture allait vite. Je me suis retrouvé dans Paris où m'attendait, immuable, la poésie des choses usées, la pierre des immeubles aux angles arrondis et la trompeuse courtoisie des passants sous laquelle affleurent par instants des pointes de sauvagerie.

Le décalage horaire m'avait plongé dans une douceur pâteuse. Pendant quelques minutes, je me suis senti envahi par la bienveillance. Le fait n'est pas courant. Mon lot ordinaire est plutôt une sourde colère contre mes semblables, dont je me dis que ce sera probablement le dernier sentiment que j'éprouverai. Sur le lit de douleur où me cloueront tuyaux, sangles et perfusions, je m'agacerai encore de la lenteur d'une soignante, de la respiration d'un voisin, de l'écho interminable d'une conversation dans le couloir.

Le chauffeur s'est arrêté devant le plus grand palace

de la rive droite, le *Paradise*, où l'on m'avait réservé une chambre. J'étais invité à Paris par plusieurs institutions dont les largesses combinées aboutissaient à cette façade noble protégeant un hall bruissant d'activité feutrée. On mesure à certains détails que la vie passe et qu'on recevra désormais plus d'égards qu'on n'en mérite. Cette toute petite défaite, qui porte également le nom de réussite sociale, m'a tenu compagnie tandis que je m'engouffrais dans le tourniquet, entre les hommes d'affaires imposants, les touristes fortunés et les belles étrangères occupées d'elles-mêmes.

À la réception, j'ai été accueilli par un jeune homme aux yeux clairs et aux longues mains blanches, qui m'a d'emblée parlé en anglais. L'accent était bon et le ton très juste, ménageant un partage égal entre politesse et indépendance. Le personnel des grandes maisons ne s'abaisse pas pour vous servir. Dans les phrases du réceptionniste, la courtoisie et l'indifférence se donnaient la réplique. Je vous parle et je vous ignore, je suis là et pas là, avec vous et sans vous. Un être poli comme une statue de marbre en qui une petite flamme humaine s'éclairait et s'éteignait, alternativement.

Le garçon d'ascenseur m'a demandé si j'avais fait bon voyage, puis si j'étais content d'être à Paris. Que faire, sinon tenir le rôle attendu du touriste subjugué par la capitale ? Dans un français pataud, j'ai répondu très agréable, vraiment, et bien content d'être là, tout en me demandant ce que ça pouvait lui foutre. Pourquoi ne préférait-il pas, comme moi, le silence aux banalités ? Quand je suis arrivé au quatrième étage, ils m'avaient déjà exaspéré, lui, sa bonne humeur et son air sournois.

On m'a conduit jusqu'à ma chambre. La décoration

parvenait à donner une impression d'opulence malgré la double contrainte du manque d'espace et de la vétusté. Un miroir dédoublait le maigre corridor. Des draperies chamarrées habillaient de faste des fenêtres aux huisseries branlantes. La pièce était tendue de toile dont les motifs, reproduisant des scènes de genre, se répondaient, en bleu ou en rouge, d'un pan de mur à l'autre. Une manière de décliner les couleurs du drapeau, dans ce pays sans patriotisme où tout le monde est chauvin. La salle de bains hollywoodienne constituait un morceau de bravoure, bien qu'on n'ait pu dissimuler, sous le marbre et l'or, la banalité de l'intime. Il m'a fallu moins de trois minutes pour faire le tour de mon domaine. J'étais bien logé, en somme, à la façon d'une fleur en pot.

Je suis sorti presque aussitôt, sans même m'asseoir sur le lit, où j'aurais craint de m'endormir trop vite. Il y a une heure pour rattraper le sommeil en retard, avant laquelle l'assoupissement est une malédiction.

À travers l'air rafraîchi par l'automne, j'ai marché sous les arcades de la rue de Rivoli, en direction du Louvre, avant de tourner au hasard dans une voie adjacente. Dans ce quartier où nul n'habite, le nom des grands hôtels résume à lui seul l'orgueil et la misère de l'homme. Le *Paradise*, où l'on m'avait logé, installe ses hôtes dans le bonheur d'avant la chute. Non loin de là, le Ritz, au sifflement serpentin, introduit le désir au jardin d'Éden.

Rien n'avait changé depuis mon dernier passage. Entre les groupes piaillants et les couples béats, des Parisiens agacés foulaient de mauvaise grâce le sol d'un des plus beaux endroits du monde, qui n'avait rien d'autre à leur offrir que la perpétuation de sa morne splendeur. La plupart avançaient, somnambules, l'oreille vissée à un téléphone portable. Les seuls qui ont paru s'apercevoir de ma présence ne l'ont fait que pour me notifier un excès de lenteur à m'effacer sur leur passage. Je venais d'un monde qu'ils devaient juger synonyme de balourdise et de modernité, et qui conspirait de fait à la perte du leur. Nous nous croisions sur fond de guerre tiède.

Sébastien

C'est aux escrocs et monte-en-l'air qu'on donne le nom de rats d'hôtel, qui pourtant conviendrait bien mieux aux employés. J'appartiens à cette race qui vit en bande et déploie une activité incessante et souterraine. Pour nous autres qui travaillons à bord, le *Paradise* n'est pas un palace, mais un bateau immense, industriel et poétique, qui s'est échoué par hasard sur une rive de la Seine. Nous y sommes montés parce que nous avions faim, et nous n'en repartirons pas.

Les premiers temps, vêtu du gilet rayé des garçons d'étage, je frémissais à l'heure de la marée qui déverse chaque matin dans le hall des pyramides de bagages et des clients en caravanes. Ces hôtes d'un jour, je les accueillais avec appétit. Je buvais leur voix. Je me frottais à leur accent. Je les contemple avec plus de déférence depuis que je suis affecté au service nocturne de la réception, promotion que m'a value sans doute mon prestige incertain d'étudiant aux Beaux-Arts. Les voyageurs me semblent plus lointains depuis que je n'ai plus à porter leurs valises. Embusqué derrière le comptoir, je leur tends leur clé. Je réponds à leurs questions. J'affecte à leur égard la sagesse bouddhique d'un tenancier de maison close, aux yeux duquel les perversions les plus insolites prennent un air de déjà-vu.

Il est rare désormais que je monte dans les étages. C'est dommage. J'aimais me déplacer sur la moquette épaisse et faire aux clients les honneurs de leur suite. Au reste, la plupart d'entre eux dédaignent cette comédie de lustres et de rideaux qui se joue à leur seule intention. Pour eux, l'admiration est le lot des humbles. Dans les sphères où ils se meuvent, la beauté cesse d'être un spectacle pour devenir une prérogative dont il serait saugrenu de se réjouir. A-t-on jamais vu un général applaudir un défilé militaire ?

Le *Paradise* leur offre une vie fictive qui ressemble à l'existence réelle comme un aquarium aux fonds marins. Dans cette reconstitution illusoire, décorative et silencieuse, ils se meuvent avec une élégance native. Quand ils traversent le hall, on croirait voir des poissons exotiques glisser en cadence parmi les algues douces.

Craig

J'avais marché près d'une heure quand je suis rentré au *Paradise*. J'ai jeté un coup d'œil au bar. Presque allongée dans les fauteuils rouge sombre, ses doigts fins disposés avec grâce autour d'un verre d'alcool, une femme s'abandonnait à l'ennui comme à une de ces émotions fortes auxquelles on consent de tout son être. À trois mètres d'elle, un Italien entre deux âges tenait, en se plaignant de je ne sais quoi, des propos sans enjeu et sans destinataire. Un soliloque ponctué, comme un numéro comique, de réponses à des interruptions imaginaires. J'ai pris la fuite avant qu'il ne me propose d'endosser le rôle du public.

Je me méfie de l'humanité des hôtels et des aéroports, de même que les lieux de passage m'inspirent un certain malaise. Dans un couloir, je me sens toujours obligé d'accélérer le pas. À l'hôtel, je me lève plus tôt que chez moi. Il faut dire que tout vise à vous confisquer cette maigre part de confort que l'on vous vend si cher. Je suis toujours frappé par l'insistance avec laquelle on vous annonce, avant même de vous avoir montré votre chambre, l'heure à laquelle il faudra la quitter. C'est pourtant aussi inutile que de préciser, sur un répondeur, qu'on pourra laisser un message après le signal sonore. Personne ne parle avant.

Sébastien

De tous ceux qui m'adressent la parole et de tous les autres que je me contente de suivre des yeux dans le hall, je pense ou j'imagine quelque chose. Nous n'échangeons que des phrases convenues, dans un français de hasard ou un anglais de circonstance. Pourtant, leur silhouette et leur visage, presque indéfinis, m'accompagnent au-delà du périmètre de l'hôtel, et jusque dans ma deuxième vie.

Depuis que je travaille au *Paradise*, j'ai deux existences autonomes. L'une à la réception, lisse et immobile. J'officie toute la nuit, docile, empesé, sans fatigue aucune. La seconde est une vie à rebours. Je me lève tard. Je traîne jusqu'à l'heure du déjeuner. Je dors l'après-midi comme un vieux monsieur, alors que je devrais aller en cours. C'est vers seize heures que je sors de ma torpeur. Je me rase, me douche et plaque du gel sur mes cheveux. Je boucle ma ceinture et serre mes lacets. Je noue ma cravate. Je descends dans le métro.

Ma vie à rebours cesse quand je descends à la station Concorde. En posant le pied sur le quai, je deviens cet autre qui sera moi-même jusqu'à tard dans la nuit. Sébastien. Mon prénom, ici, dévore mon nom de famille. Je suis Sébastien de la réception.

Elena

Cela me réconforte, quand j'arrive dans une chambre d'hôtel, de savoir que les placards seront vides. Parfois, seule sur un rayon, une notice invite au respect d'une consigne de sécurité ou indique le tarif de certaines prestations. C'est magique, cette nudité. Aussi propre qu'un silence. Chez moi, les armoires débordent de vêtements, de vaisselle ou de trésors d'enfant. Les tiroirs sont pleins d'un enchevêtrement d'objets indispensables et sans valeur, dont la texture et l'odeur se confondent avec celle des murs.

J'hésite un instant avant d'ouvrir mes valises et d'installer mes affaires. Je ne suis pas une femme qui vit facilement à l'hôtel, et ceux qui s'y sentent chez eux m'inspirent une certaine forme d'admiration. Leur manière d'être de passage semble relever d'une nature profonde, comme s'ils appartenaient de toute éternité à un peuple nomade, pour lequel il n'existe pas de contretemps. Ce qui me désarme n'a pas de prise sur eux. C'est en observant leur aisance que j'ai compris que j'avais peur tout le temps à l'étranger, sauf peut-être dans ma chambre.

Le soir, portes closes et fenêtres fermées, j'écoute, à travers le silence, le bruit qui monte encore des rues et qui n'est pas le même à Rome et à Paris. Quelque chose de la ville traverse les murs, occupe l'esprit et crée en moi une certaine inquiétude.

Je me suis démaquillée et enveloppée dans un peignoir blanc aux armes de l'hôtel. C'est seulement alors, une ou deux heures après mon arrivée, que j'ai fini par m'avouer que j'étais assez heureuse d'être là.

Sébastien

Le passage des clients est un spectacle que je déguste. Je prends d'eux des photos virtuelles à ranger dans un album imaginaire. La semaine dernière, une jeune femme ravissante appelait « mon bel homme » un gros monsieur assez vilain, beaucoup plus petit qu'elle, que ce surnom semblait combler d'aise. Un jour de vent, comme il avait oublié son chapeau, elle a élégamment noué autour du crâne chauve l'écharpe qu'elle avait d'abord jetée sur ses propres épaules. C'est ainsi qu'ils sont sortis dans les rues, bras dessus bras dessous, plus complices que jamais. L'extravagance de leur couple les avait mis pour toujours hors de portée du ridicule.

Je feuillette souvent l'album imaginaire pour retenir les visages que j'y ai installés, mais les objets m'intéressent plus que leurs propriétaires. Des chariots de valises, des sacs de marque, un foulard abandonné sur un fauteuil… Les scènes de hall ont un négligé intemporel qui incline à la rêverie. Je les observe. Plus : je les savoure.

Je me souviens du plaisir que j'ai ressenti en apprenant que les vanités du XVIIe siècle délivraient, sous une forme symbolique, une méditation sur la vie. L'huile représente la volupté. Une coquille de noix, écho du bois de la croix, contient une promesse de rédemption. Le zeste d'un citron symbolise le déroulement du temps, dont il faut savoir profiter malgré tout. Entre les bouquets de fleurs du hall régulièrement disposés, les bagages oubliés murmurent eux aussi une maxime involontaire sur la fuite du bonheur. C'est une leçon que j'ai le loisir de méditer quand je veille à mon poste, entre l'éparpillement des menues tâches à ne pas oublier et le vide somnambulique des heures de la nuit.

Craig

Après le dîner, je suis allé prendre un café au bar de l'hôtel. J'y ai retrouvé l'Italien entre deux âges que j'y avais aperçu quelques heures plus tôt. Il était installé face à une carte postale et s'ennuyait à la cantonade en jetant autour de lui de longs regards distraits. Ma présence était une aubaine pour cet homme en mal de confidences. Il s'est adressé à moi comme à une vieille connaissance. Sans que je manifeste à son égard la moindre forme de curiosité, il s'est présenté comme un industriel vivant à Parme. Vous connaissez, bien sûr ? Mais c'est sa vie sentimentale qu'il avait envie de raconter. Marié et père de deux enfants, il avait une maîtresse qui lui avait donné un fils. Pendant trois ans, il avait mené la double vie dont rêvent bien des hommes.

Après ce premier aveu, il a marqué une pause, en me regardant avec une moue de satisfaction, mais ses silences ne duraient jamais longtemps. Et puis, vous connaissez la vie, il avait rencontré une jeune fille, qu'il voyait maintenant depuis plusieurs mois, et voilà qu'elle attendait un enfant de lui. Coup d'œil vantard ; air embêté. Jusqu'alors, il avait réussi un parcours sans faute, n'ayant jamais rendu malheureuse aucune de celles qui l'aimaient. Mais ce serait beaucoup plus difficile avec trois foyers : il ne pouvait tout de même pas être partout.

Ne parvenant pas à décider si je devais le plaindre ou le féliciter, j'ai jeté un coup d'œil à la carte postale qu'il avait posée devant lui et sur laquelle il s'était contenté d'écrire « *Ti amo* ». Pour dire quelque chose, je lui ai demandé à laquelle de ses trois femmes il la destinait. Il a cligné de l'œil en me répondant, rayonnant : Allez savoir, maintenant !

Assise à une table voisine, une jeune femme écoutait notre conversation, horrifiée. Tout son corps vibrait de colère, mais mon interlocuteur n'y prenait pas garde. Il s'empêtrait à présent dans un réseau de complications financières : le vaudeville tournait à la querelle domestique. Mes regards se portaient alternativement sur ce séducteur trop heureux et sur cette femme aux yeux révulsés, sans que je puisse déterminer lequel m'inspirait le moins de sympathie. L'homme aux trois épouses témoignait, sous ses dehors de patriarche, d'un de ces égoïsmes quiets qui donnent le frisson. Mais la rage de cette femme était, dans ce bar feutré, vouée aux coups bas et aux aveux indiscrets, aussi déplacée qu'une scène de ménage. Le velours rouge et le cuir patiné avaient une certaine habitude des compromis et des corruptions. Et elle-même, depuis qu'elle fréquentait cet endroit, quelles confidences n'avait-elle pas déjà entendues ?

Nous avons échangé un regard foudroyant. Elle me hurlait en silence : Vous n'avez pas honte de prêter l'oreille à un tel étalage de cynisme et de goujaterie ? Je lui répondais en sourdine : Et vous ?

Elena

Celui qui parlait avait une tête ronde et un début d'embonpoint. Il portait un costume assez mal coupé et une cravate banale. Aucun charme, ce qui donnait à ses propos un certain relief. Je devinais que, dans cet entrelacs d'adultères et d'enfants qui le rendait si fier, la séduction n'avait joué qu'un rôle assez mince. Ces trois femmes avaient dû être attirées par le fait qu'un tel homme inspirait confiance, et qu'elles s'épargneraient, en restant avec lui, les infidélités et les déconvenues auxquelles les aurait exposées la fréquentation d'un don Juan.

En d'autres temps, je me serais peut-être rassurée en attribuant ses propos à la vantardise masculine. Mais ce triste monsieur avait l'air sincèrement accablé d'un homme couvert de femmes et comblé d'enfants. Je devinais que ces trois idiotes devaient lui être fidèles. J'imaginais leur chagrin s'il lui était arrivé quelque chose. Pourtant, comme on leur aurait rendu service en les débarrassant de lui !

Craig

Au XVIIIe siècle, ma voisine aurait réclamé des sels. Elle s'est contentée de demander sa note, qu'elle a signée d'un geste rageur. Puis elle s'est levée, théâtrale. Je l'ai suivie des yeux avec intérêt tandis qu'elle traversait la pièce, portant sa colère comme un étendard. J'admirais cette ostentation dans le mépris, cette chorégraphie de l'indignation qu'elle exécutait à mon seul bénéfice, car mon interlocuteur poursuivait son soliloque imperturbable et la manière dont il venait d'être toisé lui avait totalement échappé.

Elle a gagné la sortie, la démarche altière et les épaules à peine relevées. L'Italien a tourné la tête vers elle, sans intérêt spécifique, par habitude de Latin qui ne néglige jamais de se retourner sur une jolie femme. Il s'est tu un instant en la regardant s'éloigner, ce qui était une forme d'hommage, et son silence m'a paru très lourd. Lequel des deux était en train de jeter un sort à l'autre ?

En atteignant la porte, elle nous a montré son profil et j'ai savouré un instant le contraste entre son front bombé, d'une pâleur de statue, et son œil embrasé de tragédienne. De même que, pour peu qu'on y prenne garde, on découvre souvent dans un beau désordre une forme d'organisation, je voyais une harmonie cachée dans sa rage blanche et une insolite coquetterie dans son hostilité. Cette femme furieuse avait sorti tous ses bijoux. Si elle avait parlé, sa voix aurait été une symphonie où se seraient mêlés le hurlement des vents, le grondement des torrents et le raclement aigu des oiseaux de proie.

J'aurais pu lui emboîter le pas, mais à quoi bon ? Quitter le bar n'était pas quitter l'hôtel. Je la retrouverais sans doute le lendemain, avalant stoïquement un café noir et un yaourt maigre devant l'abondant buffet du petit déjeuner. Dans ce cas, elle me fusillerait du regard en m'apercevant, mais je pourrais compter sur cette familiarité de la seconde fois, qu'on réserve à un ennemi que l'on a déjà mis en joue. Sa fuite de ce soir ouvrait une perspective assez piquante. J'attendais avec impatience l'instant où je l'aborderais.

Au bout d'une demi-heure de confidences italiennes, j'ai faussé compagnie au polygame et regagné ma chambre. Tout en me brossant les dents, je songeais encore à la femme furieuse. À cet instant, elle devait maugréer en se démaquillant dans une salle de bains en tout point identique à la mienne, et maudire tous les hommes, à commencer par moi.

Sans doute faisait-elle partie de ces femmes vouées à un perpétuel dénigrement, qui rejoint dans leur esprit une sorte de code de l'honneur. Et j'ai pensé, avec une réelle sympathie, à celui qui devait partager sa vie. Celui qui caressait cette taille mince embrassait ces cheveux laqués et s'endormait bercé par cette odeur de fleur rare. J'ai beaucoup de commisération pour les hommes qui, s'il leur venait à l'esprit d'offrir la Joconde à leur épouse, s'entendraient immanquablement répondre : Mais où veux-tu que j'accroche cette horreur ? C'est si petit, chez nous !

Elle devait appartenir à cette engeance. Être une de ces femmes qui ne regardent l'heure qu'avec impatience, se pèsent avec effroi et lèvent les yeux au ciel aussi souvent qu'elles respirent. Une de ces femmes dont l'insatisfaction, ostentatoire et bouleversante, est un défi à leurs amants et un reproche à Dieu. Une de celles face auxquelles tous les hommes, quels qu'ils soient, ressentent spontanément, les uns vis-à-vis des autres, une forme animale et confuse de solidarité.

Quand je me suis couché, j'ai réalisé que je pensais à elle depuis plus d'une heure. J'ai éteint en murmurant : quelle glu ! avec un agacement qui jouait encore en sa faveur.

Sébastien

Avec beaucoup d'assurance et quelques verres de trop, l'Italien volubile de la suite 205 est passé à la réception en fin de soirée. Il désirait connaître le numéro de la chambre où réside une cliente qu'il avait aperçue au bar. Une amie de longue date, disait-il, dont le nom cependant ne lui revenait pas en mémoire. Il s'est contenté de la décrire, avec des gestes dont on se sert rarement pour décrire une vieille connaissance. J'ai tenu mon rôle de Sigisbée en taisant l'adresse de la belle. Je devinais qu'elle aurait déchiré de ses griffes ce gros chat alcoolisé, s'il avait commis l'imprudence de venir miauler devant sa porte.

Elena

Je me suis mise au lit avec une lassitude que je devais sans doute moins au voyage qu'à cette conversation du bar, où j'étais descendue pour me changer les idées. Une fois endormie, j'ai fait un drôle de rêve.

Je retirais des lettres recommandées dans un bureau de poste. Tout occupée à converser avec l'employé dont le visage était masqué par une vitre, je m'étais crue seule au guichet. Me retournant par hasard, je découvrais derrière moi une longue file de femmes qui me ressemblaient et dont je voyais bien qu'elles attendaient leur tour. L'une regardait discrètement sa montre. L'autre soupirait en me jetant un regard lourd de reproches. Une troisième tapotait du doigt le bord de son sac à main. Chacune, par une pose différente, me faisait comprendre que le temps m'était compté, et que je devais à présent leur céder la place.

Pour dissiper les images de ce rêve sinistre, j'ai rallumé et regardé ma montre : deux heures du matin. Ce n'était pas le moment, mais j'aurais été heureuse de pouvoir parler à mon mari.

Sébastien

Lorsque j'ai fini mon service, le jour se lève et je rentre chez moi, à pied parfois, pour dissiper par la fatigue du corps l'épreuve nerveuse de l'insomnie forcée. Je marche vers le nord de Paris, chaque pas m'éloignant de l'hôtel qui prendra bientôt au soleil levant les reflets dorés d'un mirage.

C'est à la fin de la nuit et au bout des rues que se trouve mon appartement. Quand j'y pénètre enfin, je retrouve le désordre de la veille, que les petites heures matinales recouvrent d'une lumière grise. Je me déshabille et m'étends. À ce moment indéfini du jour, je me réduis à une esquisse de moi-même. Celui qui s'endormira dans quelques minutes ne sera plus personne, à peine un veilleur dissous par la fatigue, à l'instant où, à l'autre bout de la ville, les premiers clients commandent leur petit déjeuner.

Les yeux clos, je devine le ballet des soubrettes en noir, qui leur apportent, l'œil vif et le teint frais, un café fumant dont le parfum flotte un instant dans l'air avant de s'évanouir.

Lundi

Craig

Elle était face au buffet, une tasse de café à la main, quand je suis entré dans la salle du petit déjeuner. J'ai rendu les armes avant qu'elle ait eu le temps de me toiser. Je ne déteste pas brusquer les femmes par la courtoisie.

Le moment était venu de dissiper le malentendu de la veille. Je lui ai dit que j'avais fait un drôle de rêve pendant la nuit : j'étais transporté dans un pays lointain où l'adultère était inscrit dans les contrats de mariage, et où les « je t'aime » lancés à la volée s'éparpillaient au vent comme des moineaux. Un beau pays en somme, où la vie humaine était protégée partout sauf dans les bars d'hôtel, où chacun pouvait tuer son voisin si l'envie lui en prenait. C'était le seul inconvénient de ce pays de cocagne : il y avait énormément de meurtres.

Elle m'a jeté un regard joyeux.

— Je ne connaissais pas ce monsieur un quart d'heure avant qu'il entreprenne de me raconter sa vie, ai-je expliqué. Le malheur a voulu qu'il me prenne pour confident. Sur le moment, je brûlais d'envie de lui fausser compagnie en arguant : Excusez-moi, je suis avec ma femme. Et je serais parti à votre bras. Le risque, évidemment, aurait été que vous le détrompiez…

— Si j'avais mal réagi – c'est-à-dire si j'avais eu la sottise de dire la vérité –, vous aviez une réponse commode : toutes les mêmes.

Le maître d'hôtel s'est approché de moi pour m'installer à une table. Je me suis tourné vers elle :

— J'aimerais bien prendre le petit déjeuner avec vous.

Elle m'a regardé sans s'offusquer, ce qui voulait dire oui.

*

Elle s'appelle Elena. Elle travaille dans la mode et assure à l'année, pour une maison de couture italienne, une sorte de pont aérien entre Florence et Paris. Mme de Merteuil pourrait aujourd'hui faire le même métier qu'elle. Mariée, deux enfants et une belle maison en Toscane qui lui manque quand elle n'y est pas et qui lui pèse quand elle y reste trop longtemps. Je la regarde beurrer en esthète une tartine de pain complet et boire du café à petites gorgées. Ses lèvres sourient de temps à autre mais ses yeux le font continuellement. Entre deux phrases sur elle, elle laisse tomber, comme une faveur : Et vous, vous êtes dans quoi ?

Elena

Il enseigne la littérature française aux États-Unis. Même s'il a revendiqué d'entrée sa nationalité anglaise, difficile de ne pas voir en lui un de ces apôtres de la bonne pensée américaine venu honorer de sa présence un séminaire en Sorbonne. Il semble considérer que, chaque fois qu'il se déplace dans une université, la recherche progresse aussitôt à pas de géant. Il profitera de son voyage pour effectuer quelques recherches à la Bibliothèque nationale.

Le plus étonnant est son regard attentif et pourtant dénué de chaleur. Le reste est plus banal. Des sourcils hauts. Des cheveux châtains légèrement clairsemés. Des mains larges. J'aurais du mal à lui donner un âge, ce qui veut dire que nous n'avons pas le même. Il écoute bien, questionne peu et n'approuve jamais. Ainsi, quoi qu'il en dise, le rôle de confident qu'il tenait hier soir avec tant de bonne grâce lui convient assez bien.

Il n'a pas pu s'empêcher de m'expliquer qu'il se déplaçait dans le monde entier. Je me suis demandé s'il allait m'infliger quelques-unes de ses anecdotes bien rodées de grand voyageur. Ceux qui parcourent le monde restent partout à sa lisière et leurs récits n'amusent qu'eux-mêmes. Par bonheur, il a su tenir sa langue. Seuls me dépaysent les voyages imaginaires que je lis à mes enfants ou que j'invente avec eux.

Que pense-t-il quand il fait cette tête-là ? J'ai passé beaucoup de temps à me poser cette question en observant le regard des hommes. J'en suis arrivée à la conclusion que la plupart d'entre eux ne pensent rien du tout. J'imagine que c'est son cas en ce moment.

Craig

Il y a eu une ou deux passes d'armes entre nous. Presque rien, en somme, après la fusillade d'hier. Je lui ai avoué que je m'intéressais peu à son domaine. Elle m'a lancé, comme une évidence :

— Ceux qui résistent aux modes sont des conservateurs.

— Ceux qui la suivent, ai-je répliqué, ne sont pas des révolutionnaires.

Bref échange de regards. Elle a hésité, mais ne s'est pas rembrunie. Même si nos phrases avaient claqué comme deux coups de fouet, la discussion prenait le tour d'un marchandage entre son univers et le mien. Nous étions, l'air de rien, en train de pactiser.

Qu'est-ce que vous faites ce soir ? était la question qui me venait aux lèvres. Elle devait attendre que je la pose, tout en préparant une porte de sortie. Finalement, c'est elle qui a dégainé la première.

— On tâche de se revoir avant votre départ ?

Elle a prononcé ces mots avec une autorité pleine de charme, exactement comme on met parfois les gens à distance en disant : « Pas de ça entre nous », mais en insistant sur les deux derniers mots.

— Je quitte l'hôtel samedi matin.

— Moi aussi.

— Mes soirées sont libres, ai-je ajouté. Quand je suis en déplacement, j'évite toute obligation après vingt heures. Les journées sont déjà assez denses.

Elle a souri en se levant de table :

— Cela signifie que vous aurez beaucoup de choses à me raconter demain matin.

En la quittant, je me suis dirigé vers le Louvre et j'ai trouvé sans peine le grand café où l'on m'avait donné rendez-vous. Je me suis installé à part au fond de la salle. J'avais pour tout voisinage une famille en vacances – père débonnaire, mère excédée, adolescente maussade, enfant turbulent. Beaucoup plus loin, un homme et une femme jeunes et souriants portaient à tour de rôle un bébé tout rose, qui gazouillait autant qu'il bavait. Quel bonheur j'avais d'être sans enfant.

Je les regardais avec attention. Peu de gens sont aussi observateurs que les misanthropes. Je notais, avec la précision de l'agacement, chacune de leurs poses et de leurs expressions.

Un vieux monsieur à l'air de général en retraite est venu s'installer à la table voisine. Après avoir commandé un café, il a articulé : « Avec un pot d'eau chaude » en faisant un geste d'importance, comme s'il s'agissait d'une affaire d'honneur. Puis il s'est retourné fièrement vers moi. S'attendait-il à ce que je l'applaudisse ?

L'universitaire français qui m'avait donné rendez-vous est arrivé avec vingt minutes de retard. Sans songer à s'excuser, il m'a broyé la main en m'assurant avec un empressement où il entrait beaucoup d'autosatisfaction que ma visite était pour lui un très grand honneur. Au cours de la conversation, il a tenu à me rappeler qu'il ne pouvait réfléchir qu'« en Européen ». À quoi bon lui rappeler qu'en dépit de mon affiliation new-yorkaise, je conserve la nationalité anglaise ? C'était un de ces êtres inutiles et bavards que je désintégrerais avec joie si j'étais le héros d'un film de science-fiction.

Tandis qu'il me parlait de projets sans enjeux ni

consistance, je transformais mon irritation en exercice d'impassibilité. Pour éviter de lui donner trop d'importance, je me concentrais sur les mouvements de la salle. Le XVIIIe siècle a décrit les Français comme un peuple joyeux et batailleur. Je regardais avec incrédulité leurs héritiers moroses en me demandant où s'était évanouie la gaieté de leurs ancêtres.

Seuls les étrangers, plus dessinés que les autres, me donnaient envie de sourire. Une Américaine aux épaules lourdes, au visage d'impératrice, trempait une petite cuillère dans une coupe de fromage blanc. Une Asiatique vêtue de rose tendre fusillait du regard ceux qui passaient à sa portée. Une beauté espagnole observait fièrement ses deux enfants ingrats. À cette heure-là, tout près du Louvre, j'ai dédié à Elena le spectacle croisé de la diversité humaine et du néant des jours.

Craig

Je suis rentré à l'hôtel en proie à une de ces fureurs noires qui empoisonnent mon sang pendant plusieurs heures. C'était une lourde folie que de m'aventurer derrière les parois de verre de la Bibliothèque nationale, dont on m'avait pourtant prévenu que j'y perdrais et mon temps et mon âme. Monument de prétention idiote dont on sortait exsangue, horrifié et bredouille.

Je n'étais jamais entré dans ce bâtiment qui portait haut la double obsession mitterrandienne de la grandiloquence et de l'étanchéité. Les lieux se voulaient écrasants. Ils l'étaient d'ailleurs, au sens où ils ne laissaient aucune place au lecteur, qu'ils maltraitaient en tyran sadique.

Il fallait, pour y pénétrer, se plier à d'interminables rites d'initiation, parcourir des kilomètres et changer plusieurs fois de niveau. Au cours de ce long périple, on franchissait des sas, qui vous exposaient chaque fois à l'angoisse de l'irrémédiable. On se dépouillait aussi de ses effets personnels, manteau, serviette et documents, de sorte qu'on avait depuis longtemps cessé d'être soi-même lorsqu'on pénétrait enfin, le cœur humble et la tête creuse, dans le saint des saints de la salle de lecture.

D'autres procédures m'y attendaient, arbitraires et dilatoires, avant qu'on finisse par m'annoncer la nouvelle qui résumait à elle seule tout le secret de l'édifice : la communication des ouvrages était suspendue jusqu'à une heure indéfinie. L'information aurait pu me faire rire si je n'avais déjà perdu plus d'une heure en travaux d'approche. Mon incrédulité rencontrait celle des autres visiteurs, dont le désespoir était inversement proportionnel à la connaissance qu'ils avaient des lieux. Seuls les novices étaient déconcertés ; les habitués avaient depuis longtemps jeté l'éponge. Ceux qui venaient de loin, comme moi, et qui n'auraient pas la possibilité de renouveler leur visite, trompaient leur attente en méditant sur le génie des lieux ou maudissaient une certaine idée de la France, qui ne méritait rien d'autre.

Sébastien

Quel réceptionniste, voué à la remise des clés et des messages, n'éprouve la tentation de remplacer le destin ? Il est si tentant, à la place où nous sommes, d'entremêler les fils, d'affoler d'un geste brusque le délicat mobile des existences. Si je travaillais dans un théâtre, je rêverais moins d'entrer en scène que de me glisser dans le trou du souffleur pour rehausser par quelques idées de mon cru les pièces à l'argument trop mince.

De ma place de guetteur, j'ai observé, il y a quelques

mois, une cliente danoise, toujours vêtue de gris, au profil admirable. Il émanait d'elle une beauté sculpturale que corrompait je ne sais quoi d'autoritaire et de présomptueux. J'avais l'idée de glisser dans son sac une main humaine. J'imaginais tout : ses yeux horrifiés, ses cris, son effroi et celui de ses voisins quand elle s'en serait saisie, à la fin d'un déjeuner paisible, croyant attraper son agenda ou son poudrier. J'anticipais aussi la manière dont, soumise à l'arbitraire des interrogatoires, elle aurait triomphé des hasards de l'erreur judiciaire, et serait sortie blanchie de la plus noire des accusations.

La respectabilité sur laquelle elle avait bâti son existence la vouait à l'étroitesse, à l'éternelle répétition des gestes appris. Seule la transgression pouvait lui offrir une chance d'accéder à l'héroïque exception du crime. N'étant pas en mesure de rebattre les cartes de sa vie – mon magasin d'accessoires ne recèle aucune main humaine –, je l'ai laissée quitter l'établissement sans intervenir.

Quand elle s'est éloignée, le chignon impeccable, drapée dans ses lainages gris, j'ai trouvé pour la première fois qu'elle avait l'air un peu sotte. J'ai ressenti un pincement au cœur. Ne l'avais-je pas trahie en renonçant à l'arracher à la voie trop droite qu'elle s'était tracée, et dont j'étais le seul à deviner qu'elle s'y fourvoyait ?

Craig

Depuis combien d'heures déjà, attendais-je ces livres qui n'arrivaient pas ? Avec une attention dilatée par l'attente, j'observais l'écrin de ce désastre. Dans ce funérarium qu'on s'obstinait à présenter comme un lieu de culture, on se sentait l'otage des forces mauvaises.

Nous étions nombreux à partager cette infortune, mais le malheur est solitaire, et mes comparses répugnaient à pactiser dans le mécontentement. Ils étaient d'ailleurs disséminés dans ce territoire trop vaste. Signe des temps, on avait même réussi à bannir les lecteurs incertains, déclassés et fantaisistes, qui constituent le charme principal des bibliothèques du monde entier, et grâce auxquels la fréquentation des livres se pimente d'un voyage ethnographique. Ici, pas d'hommes à la barbe de prophète et aux lectures ésotériques. Nulle femme âgée portant des nattes de jeune fille et recensant à intervalles réguliers les mouchoirs de ses poches et les crayons de sa trousse. Balayé, ce peuple émouvant et marginal qui campe dans les salles de lecture comme dans des lieux de refuge, ce qu'elles ne devraient jamais cesser d'être.

Ma colère, qui m'avait laissé un temps en repos, montait à présent palier par palier. Pour avoir exilé de sa bibliothèque les hommes et les humanités, le concepteur des lieux avait dû recevoir de vertigineux appointements et une respectable décoration, quand il aurait dû être écorché vif. Éternels alliés, bêtise et béton avaient conjugué leurs forces pour produire cet enfer fonctionnel où rien ne fonctionnait. Comment s'en étonner ? Ceux qui avaient conçu ce mausolée devaient condamner la demande d'ouvrages comme une manie archaïque, et s'étaient employés à la décourager.

Après trois heures à fulminer, je me suis résolu à repartir sans avoir pu accéder aux documents qui m'étaient nécessaires. Retrouver la sortie ne fut pas une mince affaire. Ceux qui tentaient de quitter l'édifice n'étaient guidés par aucune indication. Pourquoi faciliter leur route ? Un des messages délivrés par le génie des lieux était que l'accès à la culture est non seulement pénible, onéreux et sélectif, mais aussi terriblement aléatoire. Le personnel, dont on ne tirait que des réponses narquoises, semblait acquis à cette devise, qui flottait comme un étendard sur le bâtiment. Je pensais au mot de Voltaire : « On n'a jamais employé tant d'esprit à nous rendre bêtes » – car je n'excluais pas qu'il soit entré beaucoup d'application dans cette topographie de l'absurde.

Je courais presque en quittant le bâtiment, craignant qu'il ne s'effondre sous le poids de sa grandiloquence. Crainte ô combien justifiée. La matière menaçait à tout instant de reprendre ses droits, et les mises en garde fleurissaient de toute part : « Les escaliers sont très glissants par temps de pluie », « Évitez de vous approcher des fenêtres », « Tirez la porte avec précaution ». Un mot prononcé trop fort, et les murs s'écrouleraient sans doute d'eux-mêmes, excellente nouvelle au demeurant, mais qui causerait un grand nombre de morts, puisqu'on sait que les victoires de l'éloquence sur la matière se soldent en général par d'effrayantes pertes humaines. Quoi qu'il en soit, il fallait faire vite : il était à craindre que ma rage n'embrase à l'instant même la trop grande bibliothèque.

En me voyant rentrer à l'hôtel en nage, le réceptionniste à l'œil bleu clair m'a demandé si j'avais passé une bonne journée. Je lui ai arraché ma clé des mains et j'ai regagné la chambre en me demandant qui j'allais tuer sur mon passage.

Elena

Quand je suis revenue au *Paradise* en fin de soirée, il y avait dans le hall plus de policiers que de clients. J'en ai déduit qu'on attendait l'arrivée d'une chanteuse ou d'une actrice, qui, les yeux masqués de lunettes noires, rejoindrait sa suite avec lassitude. Une de ces célébrités qui n'ont qu'un seul visage pour répondre au désir des foules, le plus souvent né d'un malentendu, et qui doivent choisir entre mentir en permanence ou disparaître pour toujours.

En bon petit soldat, j'ai accompli les gestes de la fin du jour. Je me suis déshabillée, démaquillée et j'ai téléphoné à mon mari. On ne porte pas sa vie dans un hôtel. On se contente de l'habiter, et encore : de manière distraite, allusive, sur le mode de l'ébauche plus que de l'accomplissement. C'est à peine si l'on se reconnaît dans les miroirs.

D'autres avaient fait mon lit, renouvelé mes serviettes de toilette et fermé mes rideaux. Ma seule tâche était de glisser ma fatigue entre des draps lavés et repassés par des mains invisibles. Cela me laissait beaucoup de temps pour penser à moi en oubliant tout à fait ce à quoi ressemblait réellement ma vie.

Craig

La salle de bains est un territoire mystérieux de la féminité. Mais, par une indiscrétion inhérente aux grands hôtels, je savais tout, ce soir-là, de l'intimité d'Elena : la texture du peignoir qu'elle jetterait sur ses épaules en sortant de son bain, la couleur de la serviette qu'elle nouerait autour de ses cheveux et l'odeur du savon au miel qui laissait une traînée dorée sur l'émail de sa baignoire. Je portais à mes pieds les mules en éponge dans lesquelles elle avait enfilé les siens. Je connaissais le chiffre de l'oreiller où elle poserait la tête en s'endormant. Pour éteindre la lampe de chevet, nous ferions le même geste, pratiquement à la même heure.

Sébastien

L'accidentel, dans un palace, a partie liée avec le romanesque. Un bagage égaré, un message mal noté contiennent la promesse de l'imprévu. Au palmarès délicieux de la mésaventure, le crime arrive en tête. Les clients qui cueillent cette fleur trop rare remportent chez eux un souvenir autrement plus piquant que les bibelots estampillés de la boutique de l'hôtel. Le sang répandu sur le velours rouge a des miroitements envoûtants.

Je regrette que l'unité de police déployée dans les couloirs s'efforce de rester discrète sur l'événement survenu en début de soirée, car sa présence crée manifestement, parmi nos hôtes, un frémissement de plaisir. Beaucoup d'entre eux usent d'un prétexte pour me demander en baissant la voix « si l'on peut savoir ce qui s'est passé ». Ordre m'est donné de rester discret. Mais pourquoi décevoir ceux qui, brûlant du désir d'être instruits, s'attardent à la réception, l'œil humide et l'air inquiet ? En échange de quelques détails, ils me tendent obligeamment un billet plié en quatre, car le sang et l'or sont amis de longue date. Depuis qu'il existe des hôtels, le crime profite au réceptionniste.

Les policiers, taiseux par nature, gardent le mystère sur le déroulement de l'enquête. Les seules informations dont je dispose sont internes. Vers dix-neuf heures, Amélie, la femme de chambre, a découvert, en ouvrant la porte de la suite 205, une scène digne du Caravage : l'occupant des lieux, un industriel italien de quarante-huit ans, gisait, le crâne fracassé, dans une mare de sang. Sur sa table de nuit, dans le pinceau lumineux de la lampe de chevet, se trouvait une carte postale au dos de laquelle figuraient deux mots sinistres et badins : *Ti amo.*

Amélie s'est avancée vers la victime avec le respect mêlé d'effroi qu'inspirent les grands fauves. L'homme s'était écroulé au pied du lit, le visage violacé. Un ruban d'étoffe corail sortait de ses lèvres. Quand elle s'est approchée pour lui toucher le bras, elle a constaté qu'il était encore chaud. La crainte de déranger la clientèle l'emportant sur l'horreur instinctive du cadavre, elle s'est retenue de pousser un cri. La seule chose à faire était de prévenir la direction. Elle a regagné le couloir en refermant la porte derrière elle, sans ouvrir le lit ni déposer de chocolat sur la table de nuit, ce qui était pourtant le but de sa visite.

*

Les hommes de l'identité judiciaire sont partis vers vingt-deux heures après s'être livrés à un étrange travail de manucure posthume : bien des victimes emportent sous leurs ongles l'ADN de leur meurtrier, et leurs mains font l'objet d'une extrême attention de la part de la police. D'autres prélèvements seront effectués à l'institut médico-légal vers lequel le corps a été dirigé. De nos jours, les assassinés sont les seuls à recevoir encore des soins funéraires dignes des pharaons d'Égypte.

La suite 205 a été placée sous scellés. La direction qui nous a réunis vers vingt heures trente a précisé que nous devions effectuer notre travail comme si rien ne s'était passé. Comment pourrait-il en être autrement ? Le suivi des crimes de sang ne fait pas partie de nos attributions.

Craig

De qui est ce vers ? Comment finit cette phrase ? Rien d'affolant comme d'arpenter sa mémoire en cherchant la clé d'une syllabe, la fin d'un paragraphe. « Elle était assez jolie pour se croire belle. » D'où venait cette phrase sur laquelle j'étais tombé récemment ? De quel roman sortait-elle ? Quel était le personnage qui la prononçait et dans quel contexte ? J'ai rallumé la lampe, renonçant du même coup à me rendormir. Le petit court-circuit qui venait de se produire au fond de mon cerveau me condamnait à l'insomnie.

Depuis quelque temps, ces éclipses de la mémoire me prenaient au dépourvu. Il m'arrivait de ne plus être sûr de certaines citations que j'avais servies plus d'une fois à mon auditoire et dont je me croyais propriétaire. Je pensais savoir. Pire : je pensais tenir, et les mots s'envolaient soudain sans prévenir. Ce qui me manquait était souvent très peu de chose. Le sens, l'image et le rythme de la phrase tenaient bon, mais, au cœur d'un édifice qui paraissait solide, voilà qu'une préposition devenait labile. Un adjectif, au lieu de ronfler, sonnait faux. Les défaillances de la journée étaient peu nombreuses. Celles de la nuit me troublaient davantage. Elles produisaient l'impression d'une secousse. J'avais la sensation, en me réveillant, qu'une main venait de me pousser dans le vide.

Les bars d'hôtel sont une bénédiction pour les insomniaques. Quand arrivent deux heures et que le sommeil a fui tout à fait, on renfile ses vêtements, on quitte sa chambre en refermant doucement la porte. Dans le couloir obscur, on avance en somnambule. Il ne reste plus qu'à appeler l'ascenseur. Une minute plus tard, on retrouvera la chaude matrice du bar, les alcools aux noms délicieux, la complicité d'un barman qui vous regarde en silence en prenant l'air de lire dans vos pensées.

Ce soir-là, cependant, les cartes avaient été battues différemment. L'officiant à veste noire, d'ordinaire condamné à un retrait perpétuel, était au centre de toutes les curiosités. Devant les buveurs attentifs, perchés sur de hauts tabourets, il déroulait un soliloque aussi somptueux qu'un tapis rouge. L'argument de ce one man show était banal et terrible. Il s'agissait de l'assassinat, en début de soirée, d'un client italien originaire de Parme.

L'annonce de la nouvelle n'a suscité de ma part aucune question. J'ai commandé un breuvage à la réconfortante amertume, dans lequel j'ai aussitôt piqué du nez. Nul n'a porté attention à ma présence. J'ai passé presque une heure à regarder le fond de mon verre, jetant les yeux de temps à autre sur les clients médusés et sur le visage du barman, qui savourait son heure de gloire.

Sans s'en apercevoir, ils avançaient la tête en écoutant,

saisis d'une sorte de ravissement, pour déguster ce cocktail insolite. Ne disposant que de très peu d'informations, le récitant irritait leur curiosité en faisant alterner indices et fausses pistes avec une virtuosité de prestidigitateur. Quand il s'est retrouvé contraint d'improviser, il s'est lancé dans l'éloge funèbre du disparu. Étrange exercice où s'acoquinaient Simenon et Bossuet, et dont il ressortait que la police retrouverait le coupable, et que la victime trônait pour l'éternité à la droite du Père.

À ces piètres réflexions sur nos fins dernières se mêlaient des assertions contradictoires. La victime, qui avait été égorgée, avait également été frappée à la tête, mais l'hypothèse qu'elle ait pu être étouffée n'était pas écartée : un ruban d'étoffe corail sortait de ses lèvres violacées. Le barman mentionnait aussi le désordre de la chambre, où cependant l'assassin n'avait guère pu s'attarder plus d'une minute ou deux. Ces incohérences déconcertaient l'auditoire, dont l'attention commençait à fléchir. Peu importaient aux buveurs les états de service du client occis. Ils flairaient le malchanceux dont l'unique fait de gloire était cette agonie hors norme, alors qu'il semblait promis de longue date à mourir aussi platement que vous et moi.

On s'intéressait désormais au meurtrier.

Qui était donc cette Parque anonyme ? Un terroriste aveugle ? Un séducteur qui aurait étouffé sa proie dans les rets du plaisir ? Un homme-chat escaladant la façade pour pénétrer dans l'édifice par une fenêtre du toit ? Les plus hardis incriminaient la Mafia, quand d'autres, au naturel rêveur, optaient pour une inextricable affaire d'héritage. Hypothèses échafaudées aussitôt détruites et recommencées dans l'acuité de l'angoisse et l'approximation du rêve. L'imagination aidant, j'ai pris goût moi aussi à cette fantasmagorie. En regagnant ma chambre vers trois heures du matin, je sentais flotter sur mes épaules la cape en soie d'Arsène Lupin.

J'étais assez alcoolisé pour me rendormir, mais je savais que je me réveillerais tôt, le crâne endolori, en doutant que cette scène nocturne ait jamais eu lieu. Juste avant de sombrer, je me suis demandé si une cellule de soutien psychologique serait mise en place dans un des salons. Puis si l'affaire serait relatée dans les journaux du matin. Il me tardait de m'abreuver du vin râpeux du fait divers.

Sébastien

C'est quand le ciel s'éclaire mais que les rues restent sombres qu'il me faut doucement redevenir moi-même. J'avance vers le nord de Paris. Aux avenues rectilignes bordées d'arbres et de belles voitures succèdent peu à peu des voies courbes et brisées. Je me perds dans cette géographie syncopée qui me reconduit vers moi-même. Je retrouve mon état civil en m'égarant dans Paris.

J'avais repris mes habits du jour, mais mon esprit s'attardait encore à l'hôtel tandis que je longeais les façades. J'ai marché un moment, remontant station par station la ligne du métro qui me ramène chez moi. J'attendais pour descendre sous terre que la fatigue m'adresse un signe. Je suis allé longtemps, dans le froid du début d'automne, avant d'apercevoir, tapi à l'angle du trottoir, un petit couteau dont la lame était pointée vers moi.

Je me suis penché sur cette sentinelle insolite. L'éclat de l'acier et la matité de la corne matérialisaient l'heure qui m'est dévolue. Ils tranchaient le lien entre la nuit qui passe et le jour qui vient, entre le garçon de l'hôtel et le marcheur de l'aube, qui se ressemblent si peu. Que me disait cette arme ? Je m'applique toujours à écouter la voix des objets, à deviner la pensée qui les habite et qui, le plus souvent, m'échappe. En ramassant ce couteau dans la lumière indécise, j'ai eu envie de faire un signe de croix.

Mardi

Sébastien

L'histoire était trop belle pour échapper à la presse. Les journalistes persiflent notre enseigne. Un quotidien titre sur trois mots que la direction prend comme un soufflet : « Drame du milieu ? » Dans nos murs, on préfère la thèse du drame passionnel à celle du règlement de comptes. Les cathédrales hôtelières sont si promptes à s'effondrer. Qu'une colonne se lézarde, qu'on aperçoive un rat pendant l'office, et les fidèles ne reviennent plus. Les statues de saints et les gargouilles se retrouvent face à face, dans l'attente pétrifiée du Jugement dernier.

Craig

Depuis que les couloirs de l'hôtel bruissent de la rumeur du crime, la seule énigme qui me tienne à cœur concerne la réaction d'Elena. L'homme auquel elle avait jeté, dimanche, son regard de Gorgone, a été terrassé le lendemain. Il n'a pas résisté vingt-quatre heures au sombre éclat de sa prunelle. Une telle efficacité donne le vertige.

Je suis descendu très tôt et je l'ai attendue devant une corbeille de viennoiseries auxquelles je me suis appliqué à ne pas toucher. Qui donc allais-je retrouver : Elena furieuse, Elena vengée, Elena contrite ? Je faisais défiler dans mon esprit ses visages possibles en me demandant lequel elle m'offrirait ce matin-là. Je me réjouissais à l'idée de la voir se débattre avec cet encombrant cadeau du sort : un assassinat qu'elle n'avait pas souhaité mais dont il serait terriblement hypocrite de sa part de s'attrister.

Elena

Craig m'a invitée d'un geste à m'asseoir à sa table où il m'attendait devant une tasse de café fumante. Sur le moment, je n'ai pas compris le regard taquin avec lequel il m'a accueillie ni la phrase qu'il a lancée à mon approche : « Vous avez gagné, alors ? »

J'ignorais tout du crime dont il venait de lire le détail dans les journaux. Installé au même étage que moi, l'époux infidèle qui, l'avant-veille, au bar, s'était vanté de ses succès, avait été assassiné. Je pense que les morts, quels qu'ils soient, ont droit à une prière, à une pensée, sinon à un hommage, mais, sur le moment, je n'ai pu dire ni « C'est affreux » ni « Le pauvre ! » ni même « Mon Dieu ! ». Je me suis trouvée désarmée devant Craig qui cherchait en vain dans mes yeux une réponse à la question ironique que je lisais dans les siens.

Craig

J'ai mis fin au silence qui se prolongeait.

— Je pense beaucoup à cette affaire et je serais curieux d'avoir votre avis.

— Je vous écoute, fit-elle, songeuse.

— Pensez-vous que les trois femmes qu'il a aimées iront à l'enterrement ?

Elle ne broncha pas.

— Le cas échéant, laquelle des trois pleurera le plus fort ?

Nouveau silence. J'insistai.

— Combien de temps dureront leur deuil et leur haine ?

Elle se mordit la lèvre.

— Combien d'années leur faudra-t-il pour admettre qu'il n'y avait rien à attendre du cher disparu et que sa mort fut en fait une bénédiction ?

Elle hésitait entre complicité et réprobation.

— J'ai des amis qui habitent Parme, a-t-elle fini par répondre, mi-figue mi-raisin. Si cela vous intéresse, je pourrai leur demander comment se sont déroulées les obsèques.

J'ai sauté sur l'occasion.

— Ne me privez pas de ces informations. Vous avez compris que je suis un humaniste : rien de ce qui est humain ne m'est étranger.

À l'appui de cette affirmation, je lui ai tendu une carte de visite où figurait sous mon nom une litanie d'adresses professionnelle et personnelle, physique et virtuelle, et que sais-je encore ? Ainsi que deux ou trois numéros de téléphone où il serait, je le savais d'avance, possible mais très difficile de me joindre. Elle l'a prise sans opposer de résistance.

J'ai respiré profondément. Désormais, quand bien même le hasard nous séparerait, il ne serait plus absurde, où que je sois dans le monde, d'espérer recevoir un signe d'elle. Était-ce donc si important ? En pensée, j'ai dédié un ex-voto au cadavre, et je me suis enfin décidé à goûter les croissants.

Nous avons assez peu parlé ensuite. Étions-nous déjà voués au silence des couples mariés ? J'ai attendu qu'elle se lève, prête à partir, pour plonger mes yeux dans les siens et lui proposer de prendre un verre, le soir même à dix-neuf heures au bar. Je n'avais pas envisagé qu'elle puisse refuser.

— À ce soir, a-t-elle répondu, le regard voilé par une hésitation à laquelle je n'ai pas trouvé de nom.

Craig

Le jour touchait à sa fin. Tout mon corps était plein de fatigue bienheureuse. Cédant à mon goût avéré pour les exposés méthodiques, j'ai commencé par présenter à Elena une brève revue de presse : j'avais dévoré tous les articles qui portaient sur le crime. Les journalistes savaient peu de chose. La seule information dont ils disposaient, et sur laquelle ils brodaient à l'envi, était que le corps portait plusieurs blessures. L'homme avait reçu un choc au crâne. Son cou avait été tailladé. Enfin, une main avait enfoncé dans sa gorge la cravate que, selon tous les témoins, on lui avait vu porter le jour même.

Pour distraire leurs lecteurs ou les faire rêver, chaque chroniqueur hasardait un scénario plausible. L'un privilégiait la thèse d'un jeu sexuel qui aurait mal tourné ; l'autre tenait à ce que le crime soit l'œuvre de trois tueurs différents. Aucun ne savait ce que nous avions appris la veille, Elena et moi, sur la vie privée de la victime.

Ces gens se trompent, ai-je avancé. L'amoureux volage a été tué trois fois – assommé, égorgé, étouffé –, mais par un seul assassin, qui, accomplissant un étrange rite funèbre, a voulu réserver sa part à chacune de ses femmes bafouées. Aucune colère dans cette exécution réglée comme une corrida.

Si le taureau – pardon, si l'homme – avait saigné, c'est qu'il n'était pas encore mort lorsqu'on a incisé sa gorge, preuve que le meurtrier lui avait conservé assez de force vitale pour qu'il ne rende l'âme qu'au dernier coup. Puis, comme un artiste satisfait signe son chef-d'œuvre, il avait posé sous la lampe la carte postale, associant la note sombre de l'encre au rouge éclat du sang versé. Un crime d'esthète, en somme – ou de femme d'intérieur. Mais lequel des deux ?

Elle a battu des paupières en me regardant. J'aurais préféré qu'elle applaudisse.

Elena

Craig mélange deux choses qui me semblent incompatibles : la froideur de la préméditation et l'emportement du crime passionnel. Il oublie une pièce essentielle du puzzle : le personnel est omniprésent dans un grand hôtel et, parce qu'il intervient à tout instant dans les chambres, l'assassin ne disposait que de très peu de temps.

Le premier coup n'ayant pas suffi, il a paré au plus pressé. La victime portait une cravate. Comme sa respiration devenait difficile, le tueur a dû, sans même réfléchir, la lui enfoncer dans sa gorge. S'il a ensuite tiré son couteau, j'imagine que c'est moins pour achever son homme que pour savoir à quel moment le cœur s'arrêterait de battre. Une sorte de contrôle, une vérification en somme, dans lequel je gagerais qu'il entrait beaucoup plus de froideur que de colère.

L'exécution aura duré moins d'une minute. Avant de quitter les lieux, le meurtrier a juste eu le temps de mettre la main sur l'objet qui l'intéressait. Pourquoi aurait-il apporté le moindre ressentiment à l'exécution de ces gestes simples ? Il aurait risqué tout au plus de commettre une maladresse et de perdre du temps.

Reste à savoir ce qu'il était venu récupérer dans la suite – une statuette convoitée par un collectionneur ? une lettre compromettante ? un secret d'alcôve ? – et pourquoi il ne s'est pas contenté de la visiter aux heures creuses de l'après-midi.

Sébastien

L'assassin devait avoir de solides raisons de haïr sa victime. À mon sens, il l'a assommée par colère. Il a tranché sa gorge pour se donner le frisson de l'arme blanche. Et, comme le sang continuait de couler, l'a finalement étouffée. Assommé comme un bœuf, saigné comme un porc, contraint d'ingurgiter sa cravate comme on ravale ses ambitions, ce client riche mais infortuné a dévalé en un instant toutes les marches du piédestal où le sort l'avait placé. Difficile d'imaginer autre chose qu'une vengeance, dont l'exécution a été rapide comme l'éclair et facile comme un pied de nez.

C'est un criminel au cœur léger qui a dû quitter la suite 205. Aurait-il croisé quelqu'un dans l'ascenseur que son front lisse et sa mise impeccable n'éveillaient aucun soupçon. Il devait être aussi anonyme que l'homme à chapeau melon dont Magritte dissimule le visage derrière une pomme verte. Je l'imaginais, méticuleux, irréprochable, les traits absolument masqués par la rondeur et la couleur du fruit.

Seule certitude : l'assassin à la pomme verte n'a pu quitter l'hôtel, lundi soir, qu'en passant devant la réception. J'ai donc nécessairement vu glisser sa silhouette devant le comptoir où je suis assigné à résidence.

Amélie

Ils parlent tous du meurtre comme d'un secret de famille : d'un air entendu et en baissant la voix. Le problème est qu'ils n'ont rien compris, parce qu'il leur manque l'information essentielle.

Quand je suis entrée dans la 205, que je connais aussi bien que ma propre cuisine, j'ai été saisie par l'absence totale de bruit. Le frottement de mes pas sur la moquette m'a fait sursauter.

La voilà, la clé du crime : le silence. L'assassin n'a donné qu'un coup très léger sur le crâne de sa victime, parce que la chute du corps se serait entendue de l'étage inférieur. Lorsqu'elle a chancelé en cherchant son lit, il l'a étouffée pour l'empêcher de crier. Mission accomplie. Il ne restait qu'un geste à faire : trancher la carotide avant de s'esquiver à pas de loup. Cela n'aura duré que le temps d'un soupir. Bravo l'artiste. En voilà un que la police, si elle l'attrape, aura du mal à faire avouer : le bavardage ne doit pas être son péché mignon.

Elena

Il y a eu un feulement de panthère, un rugissement, une plainte de hibou, suivie d'une exploration méthodique mais désordonnée de tous les aigus de la gamme, et je me suis crue transportée à la fois dans une fosse d'orchestre, à côté d'une chaîne de montage et au fin fond d'une forêt tropicale. Les femmes raisonnables dont je fais partie savent finalement très peu de chose de l'intimité des couples. S'il faut admettre que certains hôtels ouvrent une fenêtre musicale sur la sexualité d'autrui, je bénéficiais ce soir-là d'une chambre avec vue.

Piano, moderato, allegro, fortissimo. J'ai essayé d'imaginer ces deux trapézistes, qui évoluaient au su de tous, multipliant au septième ciel roulades et sauts périlleux. Je me suis même demandé s'ils travaillaient sans filet.

Puis mon attention s'est tournée vers les témoins involontaires de leur numéro de duettistes, et j'ai pensé à ceux qui écoutaient comme moi, gênés ou amusés, ce concert de musique de chambre. Peut-être y avait-il parmi nous un homme d'affaires fatigué par le décalage horaire, qui tentait vainement de répondre à ses méls, un couple âgé qui se taisait au souvenir de ses exploits anciens, et un enfant cherchant le sommeil, qui s'amusait, en s'endormant, de cette sarabande inédite. Ses auteurs n'allèrent pas cependant jusqu'au barrissement de l'éléphant de mer ou au cri d'amour de la baleine bleue – la voix et le plaisir humains connaissent hélas certaines limites –, mais leurs trilles et leurs vocalises se prolongèrent assez longtemps.

Selon toute vraisemblance, ceux qu'on entend dans les hôtels sont des couples récents ou adultères qui font preuve, en matière d'étreintes, d'un généreux jusqu'au-boutisme. On se laisse volontiers prendre au jeu des voix chaudes et des souffles puissants : on imagine, quitte à se tromper, des passions inédites et des corps découplés. Je n'ai pas oublié mon étonnement, ma déception, le matin où j'ai vu sortir d'une chambre voisine, d'où s'étaient échappés durant la nuit râles et chuchotements, un jeune homme emprunté et une fille maigrichonne. Sous l'effet de la surprise, je n'ai pas su prononcer la phrase qui m'était venue spontanément aux lèvres et qui leur aurait peut-être fait chaud au cœur : « Vous gagnez à être connus. »

Craig

Au cours d'un séminaire sur la littérature policière, j'avais défendu l'idée que certains crimes, les plus intéressants peut-être, peuvent être commis pour rien :

une bibliothèque qui rend ses lecteurs fous, le désir de prendre une femme au mot, la tentation d'accéder à l'irréparable. Dans mon cas, la combinaison de ces facteurs secondaires avait créé une machine idéale, dont je n'avais fait qu'actionner la manette.

Hier, vers dix-huit heures trente, après avoir tourné dans ma chambre comme un lion en cage, je suis sorti pour m'aérer. Le garçon d'ascenseur m'avait suffisamment irrité pour que je préfère emprunter l'escalier. En arrivant au deuxième étage, j'ai croisé l'inévitable Italien du bar qui, me reconnaissant, m'a tapé dans le dos en m'appelant son ami. Son ami ? Pour nouer conversation, ce qui était décidément son vice, il a usé des procédés les plus éculés de son répertoire : « Je pensais à vous justement… Comment trouvez-vous les Parisiennes ? » Des mots pour ne rien dire, dans une bouche qui n'en prononçait jamais d'autres. Décidé à vaincre mon silence, il a abattu sa dernière carte : « La jolie femme du bar, hier, à côté de nous, vous avez remarqué la façon dont elle vous regardait ? D'ailleurs, de mon côté… » Qu'allait-il inventer à propos d'Elena ? Pour un peu, je me serais bouché les oreilles.

Dans quelle pauvre estime cet homme me tenait-il pour abuser ainsi de mon temps ! Je l'imaginais déjà, retenant mon bras, ou tirant de son portefeuille des photos dix fois montrées à des inconnus. J'ai anticipé ces récits interminables, étouffants, encombrés de vains détails, que les hommes d'un certain âge ressassent à l'infini. Pour la seconde fois de la journée, je me trouvais broyé dans un étau de bêtise. Bref, quand, dans le seul but de me faire admirer sa position sociale, il a voulu me montrer sa suite, me poussant d'une bourrade autoritaire dans le corridor, je me suis dégagé trop vivement. Sa tête a cogné la porte qu'il espérait refermer sur moi, et cet encombrant bavard, suffoquant comme un gros poisson dérisoire, s'est dirigé vers son lit en se frottant la tempe.

Je n'ai pas eu le temps de le plaindre : avant d'avoir pu s'allonger, il s'est écroulé sur le sol. Nouveau choc. Interminable bruit de gong à peine assourdi par la moquette épaisse. Mon but n'était pas de l'assommer, mais seulement de me libérer de son emprise. Pourtant, je n'ai pu réprimer un soupir de soulagement quand il s'est tu. Je crois même avoir murmuré pour moi seul : « Enfin coi ! »

Elena

À force de les entendre, j'ai été saisie d'un doute : qui donc se pâmait, de l'autre côté de la cloison ? Une jeune mariée, une chanteuse classique dans le gosier de laquelle se combinaient les frissons imprévus de la chair et l'habitude de la vocalise ou une professionnelle consciencieuse ? Je m'en voulais de mon agacement, mais il commençait à se faire tard, et j'aurais souhaité un peu de calme à présent, pour des raisons toutes conjugales : nous étions convenus, mon mari et moi, que je l'appellerais vers onze heures. Un tel bruit de fond n'était pas nécessaire.

Craig

L'idée du couteau m'est venue d'elle-même, quand je me suis retrouvé face à ce grand corps inanimé. Quelques jours plus tôt, dans un magasin de luxe, j'avais acheté un cran d'arrêt de fantaisie à manche de corne dont la lame, aussi tranchante que le fil d'un rasoir, m'aurait fait un coupe-papier idéal si j'avais pu travailler en bibliothèque. Faute de livres, on mange des hommes.

« Et samedi, vingt-six, une heure avant dîné,
Monsieur Je-ne-sais-qui est mort assassiné. »

J'ai prononcé les vers à mi-voix tout en me reprochant ce mot de théâtre qui cherchait l'effet d'une manière un peu facile. Puis j'ai mesuré du regard celui qui n'était pas encore ma victime. C'est avec un plaisir réel que j'ai approché la lame de sa gorge dans le seul but de le faire réagir, mais sa peau tiède n'a pas tressailli à la fraîcheur du métal. Peut-être le coup avait-il été plus fort que je ne le pensais. J'ai légèrement appuyé l'acier sur la chair. Aucune réaction. Une incision au cou de cet homme a fait jaillir un sang clair qui était probablement ce qu'il y avait de plus beau en lui. Entrevoyant comme en rêve que je devenais son assassin, j'ai pesé de tout mon poids sur la lame parce qu'il fallait en finir. Puis, d'un doigt, j'ai enfoncé dans l'arrière de la bouche la cravate qui nouait cette gorge profuse. Par ce geste simple, je désamorçais toutes les menaces qu'elle contenait – accusations, explications ou pire : nouveaux bavardages. L'écoulement du sang a succédé à celui des mots. Quand tout a été fait, j'ai ressenti un calme étrange. J'ai essuyé sur l'oreiller le couteau que j'ai remis dans ma poche, et je suis allé accomplir la promenade que ma rencontre avec ce clown sinistre m'avait imposé de différer.

Une sensation d'allégement m'a accompagné pendant tout le temps où j'ai traversé le hall. Nul ne m'a remarqué, puisque je n'ai regardé personne. Une fois dehors, j'ai remonté le col de ma veste et marché au hasard. Le temps n'était pas froid, mais frais, et cette promenade vespérale s'annonçait délicieuse.

Au fond de ma poche, je sentais le contact dur du couteau, qui s'apprivoisait lentement au contact de ma peau tiède. Les romans de gare et les savantes études de psychanalyse s'accordent sur un point : ce qu'on enfouit refait toujours surface, tandis que s'évanouit sans dommage ce qu'on abandonne aux eaux tièdes de l'évidence. Fort de cette leçon, je savais que le plus sûr moyen de me débarrasser de mon arme était de la faire ramasser par quelqu'un d'autre. L'accessoire tenterait sans doute un jeune voyou ou, mieux, un de ces assassins qui s'ignorent et qui se rangent sans réfléchir dans la catégorie des honnêtes gens. Ces gens-là courent les rues. L'un d'eux ne tarderait pas à mordre à l'hameçon.

Le simple bon sens commandait de sortir du périmètre immédiat de l'hôtel. J'ai marché très longtemps, tandis qu'un brouillard providentiel descendait sur Paris. Quand j'ai finalement laissé tomber le couteau, au détour d'une rue, mon plaisir était celui d'un enfant qui rejette un poisson dans la mer : je rendais l'arme au crime. En m'éloignant sans me retourner, j'ai imaginé son reflet dans la pénombre. J'anticipais l'instant où elle séduirait un promeneur trop content de sa trouvaille.

Tous les hommes sont des assassins, même si bien peu trouvent le temps et l'occasion de commettre le meurtre qu'ils portent en eux. J'éprouvais pour Elena une tendre reconnaissance. J'avais toujours voulu tuer quelqu'un. Pour y parvenir, il me manquait simplement de l'avoir rencontrée.

Je suis parti vers l'hôtel en enfilant les rues, le cœur en fête et la marche légère. J'étais heureux comme un criminel sans arme et sans mobile, et aussi fier qu'un botaniste timoré qui aurait rassemblé toutes ses forces pour cueillir au bord du gouffre une orchidée inconnue. Un instant, je me suis arrêté devant une vitrine où trônait une psyché. Je m'y suis contemplé avec une pointe de coquetterie. N'avais-je pas de quoi être satisfait ? La mort d'un imbécile était un tout petit dommage au regard de l'immense bonheur de m'être lié pour toujours à Elena par un geste inoubliable.

Mon pouls ne s'est accéléré que lorsque j'ai croisé un homme en uniforme, au coin d'une rue. Mieux valait que la peur s'en mêle, à défaut du remords, car je commençais à me prendre pour un justicier. Il était temps, dans mon propre intérêt, de revenir à un peu plus de modestie.

Elena

L'hallali a été un rien décevant. La fatigue, le souci des convenances ou peut-être hélas un commencement d'habitude détournèrent ce couple amoureux des hurlements de plaisir auxquels le crescendo qui précédait aurait dû, à mon sens, ouvrir la voie. Quoi qu'il en soit, l'estocade fut portée à point nommé, c'est-à-dire à onze heures moins une. L'instant après, j'ai pu sans arrière-pensée prendre mon téléphone en main et murmurer : « *Tesorino ?* »

Mercredi

Craig

À en croire la presse du deuxième jour, les investigations de la police ne donnaient pas grand-chose. On n'avait trouvé aucun indice sur le lieu du crime. L'hypothèse d'un acte crapuleux semblait exclue, la victime n'ayant pas été détroussée. Les enquêteurs ne croyaient pas davantage à un crime passionnel : les mots de la carte postale avaient été écrits par l'Italien volage et non par son meurtrier, ce qui leur retirait beaucoup d'intérêt.

Les journaux n'évoquaient pas la vie amoureuse de l'homme de Parme, preuve qu'au quotidien, il était capable de plus de discrétion que dans les bars d'hôtel. Sans doute ne s'était-il laissé aller aux confidences, la veille de son assassinat, que parce qu'il était à l'étranger, donc à l'abri des ragots, ou encore parce qu'il était ivre ? Une autre idée me traversa l'esprit, qui me glaça : s'il s'était confié si facilement à moi, était-ce parce qu'il éprouvait à mon égard une réelle sympathie ? Je chassai au plus vite cette affreuse hypothèse.

Tandis que je parcourais les journaux avec gourmandise, Elena détournait son profil de médaille, comme si le meurtre était une inconvenance. Légère méprise, à mon sens. L'annonce d'un crime est toujours salutaire, puisqu'elle nous rappelle à nous-mêmes que nous sommes vivants.

Elena

Pendant le petit déjeuner, j'ai cherché des yeux les auteurs de la symphonie de soupirs qui m'avait bercée la veille. En vain : les amoureux ardents avaient gardé la chambre ou remis leur masque de convention, à travers lequel rien ne filtrait de leur transe nocturne. Je conserverais donc à tout jamais pour le fauve amoureux et la chouette anonyme une sympathie réelle mais sans contour.

Craig, plongé dans les journaux, trempait une lèvre songeuse dans un café refroidi. La lecture des manchettes, hors-d'œuvre souvent plus goûteux que la lourde cuisine des articles, ne l'avait pas déridé : « Un tueur au *Paradise* », « Du sang sur la soie », « Les trois morts d'Arturo Rapanazzi ». J'appris ainsi le nom de la victime, dont la photo apparaissait partout. De tous les titres, mon préféré était le plus laconique : « Suite et fin ».

Craig

Elena feuilletait les journaux, ne relevant la tête que pour dévisager tous les clients qui entraient dans la salle. Je lui ai décoché un regard moqueur.

— Ne soyez pas nerveuse, Elena, j'imagine que vous avez un alibi, puisque, lundi soir, vous êtes rentrée tard à l'hôtel.

— Je me trouvais ailleurs, en effet, mais j'aurais sans doute bien du mal à le prouver. De votre côté, vous étiez sur place. Vous pouviez donc parfaitement étrangler l'hôte de la suite 205. Vous voyez, reprit-elle avec un sourire innocent, votre situation est plus délicate que la mienne. D'autant que, pour aggraver votre cas, vous avez des mains d'assassin.

— En ce moment, vous avez un regard de tueuse ou de détective, ce qui est bien pire.

— Pire ? Attention à ce que vous dites, Craig : vous venez de parler comme un meurtrier.

Elena

Nous nous sommes souhaité une bonne journée en nous donnant rendez-vous pour le soir. Depuis le crime, je n'avais pas passé la soirée seule à l'hôtel, et je n'avais pas envie d'essayer. En m'éloignant, j'ai senti le regard de Craig peser longtemps sur mes épaules.

Craig

Quand on a commis un crime et qu'on est comme moi quelqu'un qui n'en commet pas, on avance en terre inconnue, on va de surprises en découvertes.

La première tenait au fait que je ne craignais pas d'être arrêté. Bien sûr, les policiers poursuivent les assassins, ou du moins on le suppose, mais je ressemble beaucoup plus à Sherlock Holmes qu'à Jack l'Éventreur. Ni mes empreintes ni mon ADN ne m'ont inspiré la moindre inquiétude. Ces procédés permettent de confondre un suspect, mais pas de retrouver, dans un immense hôtel, un coupable anonyme, au casier judiciaire plus blanc que la porcelaine des tasses à thé. Les palaces forment une zone franche, où j'étais protégé par l'absurdité de mon acte, mon absence de liens avec la victime et l'incompétence proverbiale de la police française.

La seconde surprise qui m'attendait fut que, sitôt disparu, l'homme de Parme, qui m'avait exaspéré de son vivant, m'est devenu plutôt sympathique. C'était un brave type en somme. Au quotidien, je vivais en bonne intelligence avec son souvenir. J'avais même assimilé un peu de son épicurisme et de son insouciance italienne. Pour un peu, j'aurais moi aussi hélé mes voisins de restaurant pour leur raconter ma vie, non par inclination, mais pour satisfaire un instant l'étranger qui vivait désormais en moi. J'avais certainement beaucoup à apprendre de l'imbécile que j'avais supprimé.

Nous ne nous étions croisés qu'un instant. Une banale confidence de sa part suivie, de la mienne, d'un acte aussi peu prémédité que possible. Un jeu de scène périlleux exécuté par deux cascadeurs novices. Plus j'y songeais, plus je me persuadais que le dénommé Rapanazzi avait été l'artisan de sa perte. Nul doute qu'en cas d'interrogatoire, son ombre repentante se serait tenue auprès de moi pour me souffler des réponses appropriées.

Cela n'arriva pas. Les clients du palace ne furent même pas interrogés par la police. Comment aurait-elle procédé, d'ailleurs ? Dès le lendemain, la moitié des chambres accueillaient de nouveaux occupants, les précédents s'étant égaillés aux quatre coins du monde. Les enquêteurs se contentèrent de lancer un appel à témoins si discret que nul ne se présenta. Ils restèrent entre eux, ce qui était probablement leur but.

J'avais jusqu'à la fin de la semaine pour profiter de mon séjour parisien. Hâter mon départ aurait été une imprudence, le retarder une provocation. Il ne me restait qu'à endosser le costume du touriste américano-britannique à peine informé du drame survenu à l'hôtel, le lendemain de son arrivée. Mésaventure fâcheuse, certes, mais d'un type suffisamment fréquent dans le beau pays où je réside, pour que je ne m'en alarme pas outre mesure.

Sébastien

Dix-neuf heures. J'étais heureux ce soir en venant prendre mon service. Nos clients m'intéressent davantage depuis le drame. Leur silhouette me semble plus théâtrale, leurs gestes plus graves, leur regard plus profond. L'Italienne de la chambre 203 ne porte plus que du noir. Il est vrai qu'elle est logée au second, qui, depuis lundi, est devenu l'étage noble. On dirait que palpite en elle une pensée qui est peut-être un remords, comme si elle hésitait entre mentir à la police et passer aux aveux, entre rester fidèle à son mari et le tromper avec un inconnu.

Elena

Sans être une habituée de la rubrique des faits divers, je présume qu'il est rare, deux jours après un crime, de croiser la victime au bar de l'hôtel où elle a été tuée. C'est pourtant ce qui m'est arrivé ce soir-là : c'était bien l'homme de Parme que j'ai vu soudain face à moi, un verre à la main, quand j'ai franchi les portes vitrées. J'ai reconnu son assurance, son profil et sa faconde. Était-il ressuscité à la faveur d'un de ces rebondissements dont il avait le secret ? Ou son meurtre n'avait-il été qu'une pure mise en scène, organisée pour lui permettre d'échapper vingt-quatre heures à ses maîtresses ?

Une autre hypothèse me vint à l'esprit : peut-être le défunt avait-il obtenu de saint Pierre la faveur de revenir sur terre pour ajouter quelques chapitres au feuilleton de ses bonnes fortunes. Nul doute, dans ce cas, que ses nouveaux succès l'emporteraient de loin sur les précédents. Il devait être en train de reprendre des forces avant d'aller séduire une championne de natation, une vieille dame à la fortune hyperbolique ou des sœurs jumelles.

Cette éventualité m'a remis les idées en place. Tout portait à croire que l'homme de Parme avait un jumeau. C'était lui qui pérorait au bar, une coupe à la main, en prenant un air important. On pleure comme on peut : il avait choisi la version mimétique et alcoolisée du deuil, reproduisant sans le savoir les gestes que son frère avait accomplis au même endroit deux jours plus tôt. En le regardant, j'avais l'impression d'avoir fait un faux pas dans le temps.

Sous l'effet du deuil, le visage assez ordinaire de cet homme gagnait en relief et en intensité. Son embonpoint de voyageur de commerce était devenu celui d'un patricien du Bas-Empire, ennobli par la main d'un sculpteur anonyme. Je pensais à la victime dont je savais si peu : celui que j'avais jugé insignifiant avait tout de même un frère et trois femmes, soit un double et trois moitiés. C'était beaucoup pour quelqu'un qui, à mon sens, n'était pas grand-chose. Sa mort violente lui avait donné un destin. À présent que son nom était divulgué, les journaux du soir lui avaient composé une biographie assez convaincante en agrégeant des données disparates : une famille de notables, une belle situation dans l'industrie, un appartement à Parme, des dettes de jeu. En disparaissant, ce quidam était devenu un personnage. Combien de temps lui faudrait-il pour accéder au statut de héros ?

Parce que j'imaginais le désarroi de son jumeau, que nous venions du même pays et que l'on m'a inculqué l'idée que mort et mesquinerie font mauvais ménage, je me suis forcée à aller vers lui. J'ai modulé comme j'ai pu, en prenant un ton de circonstance : « J'ai appris la nouvelle par la presse. Je suis désolée. » Je lui présentais mes insincères condoléances au moment où la silhouette de Craig s'est encadrée dans la porte. En me voyant si proche de cet homme – avais-je eu l'imprudence de poser ma main sur son poignet ? –, il a failli s'étrangler. Mais n'était-ce pas la moindre des choses que de gratifier d'une formule de sympathie un compatriote dont on venait d'assassiner le frère ?

Craig

Plus séduisante que les filles-fleurs et moins niaise que les femmes-enfants, Elena est la femme-surprise. En l'apercevant accoudée au bar avec ma victime, je n'ai pas pu m'empêcher, passé le premier choc, de ressentir une certaine admiration pour elle. Certaines femmes ont l'art de ne pas limiter les dégâts. J'adorais sa manière d'allumer tranquillement des incendies autour d'elle, et de marquer ensuite un temps de réflexion pour contempler leur effet, avec une moue de maîtresse de maison à demi satisfaite.

N'importe qui à ma place se serait sauvé en hurlant. Je me suis avancé vers elle pour savoir ce qu'elle m'avait réservé. La situation était entre ses mains. Moi qui n'avais jamais envisagé de me rendre aux policiers, je me suis livré à Elena sans l'ombre d'une hésitation.

Sébastien

Rivé à mon poste, comme un gardien de zoo, je vois sortir le soir les panthères hautaines et les longs reptiles qui déplient avec lenteur leurs anneaux sous la lune. Leur présence chasse les espèces communes que je croise dans ma vie à rebours : bancs de poissons ternes et grisâtres, singes pouilleux, oiseaux au cou maigre et mité.

Parfois, tout en parlant à un client, je glisse un doigt dans ma poche pour caresser la lame plate comme un coupe-papier, tranchante comme un rasoir, qui est venue à moi hier matin. À l'heure où les policiers cherchent l'arme du crime, je conserve cette trouvaille de fin de nuit. Grâce à elle, j'entre dans la nébuleuse qui, depuis deux jours, projette une ombre fantastique sur nos pauvres existences. Je serai interrogé tout à l'heure. Quand les policiers recueilleront mon modeste témoignage, je conserverai dans ma poche cet accessoire d'opérette aussi irréel qu'un monocle, un éventail ou une canne à pommeau.

Craig

— Je n'ai pas besoin de vous présenter Adriano Rapanazzi, articula-t-elle, dont le frère jumeau vient malheureusement de nous quitter…

Elle m'en avait dit assez pour que je me ressaisisse. J'ai hoché la tête en direction de l'inconnu, après quoi j'ai laissé à l'imprudente le soin de trouver toute seule des formules judicieuses et mensongères qui nous sauveraient du silence. Sachant dans quelle piètre estime elle tenait la victime, je m'amusais intérieurement en la voyant se livrer à un double exercice de sollicitude et de friponnerie sociale.

Les traits impassibles, j'ai attendu que s'écoulent ces minutes interminables que ni lui ni elle ne songeaient à abréger. De profil, les deux frères n'étaient pas identiques, mais, chaque fois que l'homme plongeait ses yeux dans les miens, c'était l'assassiné qui me faisait face, sondant mon regard avec une bonhomie où j'entrevoyais une pointe de complicité. Au bout de quelques minutes, il me parlait comme si nous étions de vieux amis. Loin de moi l'idée de l'encourager dans cette voie – j'ai des manières, à défaut d'avoir des scrupules –, mais il était quasi impossible de faire comprendre à cet effrayant sosie que je ne méritais pas tant d'égards.

Sébastien

Le frère de la victime trinque au bar avec deux clients. À qui ont-ils porté un toast ? À la camarde qui nous emporte, à l'alcool qui nous réunit, à Dieu qui voit tout ça ? La mort n'existe pas entre nos murs. C'est tout au plus un prétexte pour fraterniser avec les buveurs de la table voisine.

Craig

Je craignais qu'Elena ne propose à ma victime – pardon, à son frère – de prolonger la soirée en notre compagnie. Tout était possible avec une femme comme elle. J'ai essayé les silences et les toussotements. Puis les raclements de gorge, ponctués de regards lourds de sous-entendus. Quand j'ai trouvé que la situation devenait intolérable, j'ai pris une voix cérémonieuse : « Mais, le temps passe, monsieur, nous respectons votre chagrin. Nous ne vous voulons pas vous déranger plus longtemps. » Et j'ai entraîné Elena avec moi.

— Pardon de vous avoir infligé cette entrevue, a-t-elle murmuré quand nous nous sommes retrouvés seuls, mais nous ne pouvions pas laisser ce malheureux s'enivrer tout seul… D'ailleurs, vous avez été parfait. Si, vraiment, insista-t-elle comme je ne répondais rien, je vous assure que vous vous en êtes très bien tiré.

Elle ne croyait pas si bien dire.

Sébastien

Quand le client de la 401 est passé devant le comptoir de la réception, flanqué de la belle Italienne, une image m'est revenue en tête, qui s'était imprimée en moi presque à mon insu : lundi soir, à une heure qui coïncidait pratiquement avec celle du crime, je l'ai vu traverser le hall d'un pas d'homme ivre, le regard fixe et les mâchoires serrées.

Loin de moi l'idée de transformer cette vision en hypothèse et ce somnambule en suspect. Une chose m'intrigue, cependant : ce soir-là, quand il a débouché devant moi, il ne sortait pas de l'ascenseur. Or il est exceptionnel qu'un client logé au quatrième emprunte l'escalier. On descend à pied un ou deux étages, mais quatre ?

Craig

Harmonie céleste n'était pas le nom de son parfum, mais celui du restaurant où je l'ai entraînée, trop heureux d'échapper à l'envahissant Rapanazzi. C'est un plaisir de jeune couple de partager front contre front, un soir de pluie, un panier de bouchées à la vapeur. Sur le mur du fond, auquel je fais face, des poissons s'enfuient entre les roseaux, tandis que, sous la suspension, à des hauteurs abstraites, le toit d'une pagode émerge d'un socle de nuages.

Au son d'une musique apaisante et mièvre, nous goûtons un moment d'intimité anonyme, délestés de cette identité postiche dont nous affuble le personnel du *Paradise*. Elena ferme les yeux en buvant du thé au jasmin. Un abandon d'une seconde permis par l'heure tardive et le délabrement léger de ce décor sans âge. Nous voilà réduits à nous-mêmes, ce qui nous permet enfin d'être l'un à l'autre.

Sous la pagode au toit pointu, je vous épouse, Elena, de manière secrète et cérémonieuse. Et pour célébrer nos noces, je développe ce qui sera sans doute ma dernière théorie de la journée.

— Soyez sûre qu'en soi, un meurtre n'a rien pour m'impressionner. Pour quelqu'un qui vit aux États-Unis, le crime a la saveur bien connue d'une spécialité régionale. Dans ce beau pays, on cueille les meurtriers ainsi que des fruits mûrs et les menottes sautent joyeusement de la ceinture des policiers aux poignets des voyous. Nos *serial killers*, qui fleurent bon le défi et la démesure, ne sont à tout prendre que de bons tireurs dont les nerfs ont lâché. Il n'y a là rien de répréhensible. C'est banal et presque inévitable. Mais on sent chez l'assassin européen l'odeur rance du calcul et de la lésine. C'est sa parcimonie qui est déroutante. Que les ors et les stucs de l'hôtel aient pu héberger pour un soir cet être dissimulé en qui le calcul l'emporte sur la rage est la seule chose, dans cette affaire, que je parvienne à juger effrayante.

Elena

Craig a l'air sérieux des joueurs, les yeux fixes et le verbe tranchant. Un homme à systèmes et à déductions, qui s'applique à formuler des jugements acerbes sur un ton de badinage. Il disserte sur le crime avec autant de soin qu'il en mettrait à découper une volaille. Peut-être me prend-il en ce moment pour une de ses étudiantes.

Craig

Elena me semble beaucoup plus belle depuis que j'ai tué pour elle. C'est un secret que je garde pour moi. Beaucoup de femmes ont tendance à éluder les compliments. Je me demande ce que celle-ci penserait de celui-là.

Elena

De temps à autre, quittant son sujet, il sonde mon existence, alors que je m'abstiens de l'interroger sur la sienne. Ses yeux errent au loin, s'immobilisent sur une ligne d'horizon imaginaire et reviennent se poser sur moi, comme ceux d'un collectionneur caressant sa dernière acquisition. Je ne sais que penser de ce regard flottant auquel il m'est difficile de me raccrocher, mais qui, en définitive, ne me quitte jamais longtemps.

Craig

Le motif des assiettes est à demi effacé, mais les traits d'Elena se dessinent plus nettement sous le lustre de l'Harmonie céleste que dans la lumière tamisée de l'hôtel. Ce soir, Aphrodite dîne chez les humains.

Elena

Craig a laissé un peu de son prestige à l'hôtel. La fatigue se lit sur son visage. Je devine qu'il a peu dormi la nuit dernière. Le restaurant est glacial. Est-ce pour me réchauffer qu'il me fait parler de moi ? De ma maison, de mon métier, de mon mari…

Je lui raconte ma vie dont il ne saura jamais rien. Je ne suis pas sûre de la reconnaître au moment où je l'évoque. Je l'arrange à ma façon, comme je dissimule dans des cartons certains objets encombrants, chez moi, lorsque les armoires débordent et que les tiroirs refusent de se fermer.

Quand j'ai senti que le moment était venu, je me suis interrompue et, pour lancer enfin la balle dans son camp, je lui ai demandé :

— Et vous, Craig, qui est la femme de votre vie ?

Une drôle de lueur a passé dans son regard. Il a mis un moment à répondre qu'il était en train de divorcer. Je ne crois pas qu'il aurait pu me prendre la main à ce moment-là, mais d'instinct j'ai eu un mouvement de recul.

Sébastien

J'aime le moment paisible de l'après-dîner, où les clients s'attardent dans les couloirs et les salons avant de regagner à petits pas leurs chambres. « C'est l'heure où les lions vont boire », disait un de mes comparses, plus âgé que moi, qui gardait la nostalgie des palaces coloniaux. Des couples passent, repus et tendres, de la salle à manger au jardin d'hiver où ils prendront le café. Les abeilles s'accordent encore une petite heure pour butiner avant de rejoindre leur alvéole.

Tout à l'heure, l'Anglais de la 401 et l'Italienne de la 203 sont partis comme des voleurs, complices et mystérieux, pour dîner dehors. Quand nos clients s'éclipsent, la police en profite pour inspecter discrètement leur chambre. Une perquisition méthodique est conduite à tous les étages. Ces deux-là se doutent-ils, pendant qu'ils se parent de mensonges, que des mains zélées ouvrent leur trousse de toilette et vérifient que leur linge n'est pas taché de sang ?

Craig

Chaque fois qu'elle parle de son mari, elle chantonne doucement le prénom de Stefano. Combien de temps mettra-t-elle à s'apercevoir que le mien ressemble au bruit qu'on fait quand on écrase un escargot ?

Sébastien

Lorsque je signale qu'un client s'est absenté, la fouille est rapide. Les policiers relèvent des empreintes, prennent des photos, puis, leur mission accomplie, passent en silence à la pièce suivante. À travers eux, le crime s'étend peu à peu à toutes les chambres.

Craig

Je l'entends me dire qu'elle est heureuse avec son mari, chanson douce dont les mots mentent et la mélodie boite. J'acquiesce cependant et, dans la reconnaissance que je lis au fond de ses yeux, je trouve l'aveu que je guette et qui me rassure. Pour ce soir du moins, je n'en demanderai pas plus. Continuez, Elena, à me parler de votre mari. Le breuvage importe moins que la manière, pleine de tact et de confusion, dont vous me le servez. J'avale volontiers cette tisane qui me permettra bientôt de sabler le champagne.

Sébastien

Je n'ai pas encore dit à la police que, le soir du crime, l'Anglais était descendu dans le hall sans passer par l'ascenseur. L'idée de compromettre un innocent m'amuse quelquefois, parce que je la crois sans risque : c'est une manière de préparer l'avènement du bien. Dénoncer un coupable me paraît plus redoutable. C'est ajouter du mal au mal.

Craig

Alors que je me croyais à couvert, elle m'a fait parler de moi, et sa façon de m'écouter m'a obligé à d'autres confidences que celles dont je me sers d'habitude avec les femmes. Les formules derrière lesquelles je m'abritais depuis des années glissaient sur elle comme si elle ne les entendait pas. Elle me demandait en somme une existence différente.

J'ai parlé au hasard. Les mots, que j'avais appris à choisir avec soin, se sont bousculés sur mes lèvres. Je bafouillais, j'employais sans cesse une tournure pour une autre. La sûreté de son regard compensait le désordre de mes phrases et me proposait une ligne de vie.

L'état de veille n'a pas d'autre supériorité sur le rêve que de recommencer chaque matin au point exact où on l'avait abandonné avant de s'endormir. Pour moi, le succès avait joué le même rôle. Il avait balayé de sa continuité des ratages ou des ratures que je m'étais efforcé d'effacer de mon existence. Elena les a réintégrés dans mon parcours. Je me suis plu à en raconter certains, conjurant même par un luxe de détails le malaise qu'ils m'avaient causé. Son sourire m'invitait à l'indulgence envers moi-même. Pour la première fois, ma vie officielle, ma vie mentie, passait au second plan. Je la regardais, factice et dédoublée, comme un reflet dans une vitre, auquel on ne s'intéresse que parce qu'on le sait illusoire.

Elena

Face à Craig, je me répète que les amours d'hôtel sont le lot des désœuvrées du cœur. Dieu me garde de leur ressembler.

Craig

Quand je lui ai annoncé que nous ne nous verrions pas le lendemain matin – un déplacement en province m'obligerait à quitter l'hôtel bien avant l'heure de son petit déjeuner –, elle ne s'est montrée ni surprise ni curieuse. Comment ça ? Pas même un tout petit commencement de jalousie ?

Elle a demandé :

— Et dans la soirée ?

— Voulez-vous que nous nous retrouvions à vingt heures au bar ?

— Je ne suis pas sûre d'être libre. J'ai un rendez-vous important, qui peut se prolonger assez tard.

Silence gêné. Quel soulagement lorsqu'elle a précisé qu'elle devait se rendre à l'inauguration d'un nouveau lieu de vente ! Je l'imaginais déjà ployant sous les baisers d'un amant parisien.

— Alors, disons à vingt-trois heures au bar ?

Elle a répondu en écho :

— Alors, disons à vingt-trois heures au bar.

En l'entendant prononcer ces mots, je me suis senti plus soulagé que si la police m'avait remis un document officiel certifiant mon innocence.

Jeudi

Elena

Je ne pensais plus à rien en pénétrant dans la salle du petit déjeuner. Quelques heures de sommeil avaient suffi à effacer de mon esprit Adriano Rapanazzi qui, en m'apercevant, se mit à agiter ses bras comme des moulinets. Pour la première fois depuis mon arrivée à Paris, j'avais dormi profondément cette nuit-là, et je n'ai pu réprimer, en croisant son regard, un sourire de contentement qui s'adressait moins à lui qu'à moi-même. En retour, il me gratifia d'un regard charmeur et, comme je prenais soin de m'installer à une table assez éloignée de la sienne, traversa la salle, sa tasse à la main.

— Quelle chance de vous rencontrer, a-t-il clamé en s'asseyant devant moi. Puis-je vous parler comme à une personne de confiance ?

Je rêvais de lui répondre : « Bien sûr que non, vous voyez bien que je ne suis pas fiable. » Mais mon compatriote était tenace, et je n'avais aucune possibilité de me dérober.

— C'est délicat, enchaîna-t-il sans prendre ombrage

de mon silence. Mon frère plaisait beaucoup aux femmes. (Sourire satisfait.) Il s'était même engagé ici et là avec une ou deux... (Sourire gêné.) À présent qu'il est mort, elles vont essayer d'entrer en contact avec moi. (Sourire jouisseur.)

Il marqua une pause, comme s'il voulait savourer son effet.

Je m'abstenais de manifester tout sentiment, devinant qu'il aurait interprété la moindre réaction de ma part comme un encouragement à poursuivre.

— En quoi cela me concerne-t-il ? demandai-je, glaciale.

— Vos conseils pourraient m'aider. Il me semble qu'en tant que femme...

Ma situation devenait inconfortable : comment prétendre que je n'en étais pas une ?

— Vous savez que, lorsqu'elles sont amoureuses, elles ont tendance à rechercher partout celui qu'elles ont aimé. Or je ressemble tellement à Arturo...

Il dodelinait de la tête avec un air de contentement, la lèvre boudeuse et le regard conquérant. J'hésitais à lui dire qu'à mon sens, aucune femme ne risquait de s'amouracher de lui. Mes scrupules me perdront. J'ai tenté une diversion :

— Si elles vous sollicitent (à mon tour de marquer une pause songeuse), annoncez-leur que vous êtes impuissant.

Il eut l'air choqué.

— ... ou homosexuel.

Il fit la grimace.

— ... ou que vous songez à entrer dans les ordres.

Il se récria :

— À supposer qu'elles l'ignorent, elles découvriront vite que je suis marié.

— Alors dites-leur que vous êtes fidèle.

Il me lança un regard morose qui n'appelait aucune réponse.

Je jetai une dernière pierre dans le puits sans fond de sa vanité.

— Expliquez-leur que vous êtes interdit bancaire.

Je vis poindre au fond de ses yeux une lueur d'admiration.

Amélie

En sortant de l'hôtel, j'ai sauté dans le bus pour aller rue de Clichy interroger une voyante que je consulte seulement pour les choses importantes. Ce crime m'avait mis l'eau à la bouche. Je voulais être la première à découvrir le pot aux roses. Après ça, je déciderais s'il valait mieux traiter avec la police ou l'assassin.

Mon cœur tapait quand je me suis trouvée devant la porte. J'ai attendu une minute avant de sonner, pour vérifier qu'on ne m'avait pas suivie. Une fois assise face à la femme aux esprits, je lui ai expliqué l'affaire en choisissant mes mots, comme j'ai appris à le faire depuis que je travaille au *Paradise*. Le moment était grave. J'ai toujours aimé les émotions fortes. Elle a caressé sa boule, puis écarquillé les yeux. J'ai frissonné en reconnaissant le silence glacial de la suite 205.

Dès qu'elle s'est mise à parler, j'ai compris que j'avais perdu mon temps. Pour elle, il ne s'était rien passé à l'hôtel en début de semaine, que la rencontre assez banale d'une Italienne irréprochable et d'un Anglais sans histoire. Bien entendu, il y avait eu du malheur dans une suite, comme cela se produit à chaque instant et partout dans le monde, mais un crime ? Pensez-vous. Je n'ai pas aimé ce ton dédaigneux. Pour un peu, il aurait fallu que je m'excuse de l'avoir dérangée pour rien.

En descendant l'escalier, j'ai pensé qu'avant de me recevoir, elle aurait pu faire l'effort de lire les journaux. Elle aurait su, à défaut du nom de l'assassin, que notre client avait été tué plutôt trois fois qu'une.

— S'il n'y a pas eu de meurtre, il doit s'agir d'une escroquerie à l'assurance vie, a suggéré Sylvia, la collègue du troisième étage, quand je lui ai raconté la séance.

Idiote. Je sais pourquoi elle veut absolument avoir l'air au courant. Elle est vexée que ce soit moi qui ai découvert le corps. Mais elle ferait mieux de réfléchir avant de jouer au détective : arnaque ou pas, assurance ou non, il faut bien que le mort ait été tué par quelqu'un.

Sébastien

En ce moment même, une cliente tokyoïte est entendue par la police. Dans sa chambre, voisine de la suite 205, les enquêteurs ont retrouvé une panoplie de petits couteaux à manche de corne et à lame finement aiguisée, ainsi qu'une collection de cravates identiques à celle qui a étouffé la victime. Imprimée sur un fond corail, une ribambelle de petits éléphants vert pâle pourrait bien mener tout droit cette femme derrière les barreaux.

Les enquêteurs procèdent à son interrogatoire, en présence d'un interprète, dans une chambre que la direction a mise à leur disposition. La cliente correspond exactement à l'idée qu'on se fait d'une tueuse comme d'une femme irréprochable : élégance sans défaut, voix monocorde, respectabilité internationale. C'est ainsi qu'on imagine les agents doubles, qui tombent parfois pour un détail entre les mains de leurs ennemis : en l'occurrence, un goût trop prononcé pour l'acier et la soie.

Je me reproche de ne pas avoir fait plus attention à elle, ces derniers jours. Si elle était arrêtée, je n'en garderais qu'un souvenir assez flou : un profil impeccable, des yeux sans émotions. Rien que de très banal en somme. J'aurais le sentiment d'avoir raté quelque chose en la regardant s'éloigner pour toujours entre deux policiers, le col de son manteau remonté jusqu'aux oreilles, comme si, pour elle, le plus important était de conserver jusqu'au bout une attention méticuleuse à sa toilette qui serait sa dernière préoccupation de femme libre.

Craig

Le jumeau volubile reste à Paris un jour de plus, sans que je devine la raison qui le pousse à prolonger son séjour. Que faire sinon en prendre mon parti ? Elena, avec qui j'avais rendez-vous, ne s'est pas émue de sa présence au bar à l'heure où nous étions convenus de nous retrouver. J'ai même eu l'impression qu'elle ne faisait aucune différence entre une soirée à deux ou à trois. Hélas ! La jalousie ne m'est pas permise : il serait trop risqué d'expédier dans la tombe Romulus après Remus.

À l'heure où nous trinquons tous les trois comme de vieux amis devant une assiette de canapés, peu importe que l'un ait tué le frère du second parce qu'il avait eu le malheur de déplaire à la troisième. Les gens de qualité ne s'arrêtent pas à ce type de détail. Quelques libations suffisent pour enterrer la hache de guerre. Dans un tel moment d'harmonie, les remords ou les arrière-pensées auraient quelque chose de cynique.

Sébastien

Depuis le drame, Amélie reçoit davantage de pourboires, certains clients l'interrogent sur sa macabre découverte et je la crois tentée par les sirènes du vedettariat. À l'entendre, elle trouve chaque matin, en travers des lits, des draps pareils à des mers démontées. Signe que les couples se rapprochent, dit-elle. Ou qu'ils dorment plus mal.

Le bar ne désemplit pas. On y boit des alcools forts et des cocktails au nom chantant. Les liens se resserrent entre les clients. Les voix se réchauffent. On se berce du tintement des coupes et du clapotis des glaçons dans les verres.

Craig

L'équilibre d'un couple paraît toujours fragile. Celui d'un trio l'est bien davantage. Nous en étions désormais au quatuor. Arturo Rapanazzi avait fait de moi l'amant de cœur d'Elena. Grâce à Adriano, je suis devenu son mari putatif: celui qui l'attend en regardant sa montre, sait qu'elle commande toujours un Campari orange et devine la manière dont elle va finir ses phrases. Très naturellement, elle a posé sa main sur mon poignet vers une heure et demie, quand elle s'est souvenue que la journée avait été rude et qu'il était temps d'aller nous coucher.

L'équilibre s'est rompu quand nous avons expérimenté le quintette, c'est-à-dire au moment où le barman s'est approché de nous, avec le contentement sournois de ceux qui s'apprêtent à vous annoncer une mauvaise nouvelle.

Elena

Au fil des heures que nous avons passées ensemble, nous avons parlé de tout, sauf d'Arturo, seul lien entre nous trois. La soirée s'étant prolongée sans raison, nous allions nous quitter intimes sinon amis, lorsque le barman en mal de confidences nous a jeté au visage une information qui m'a fait l'effet d'un courant d'air glacé : le crime aurait été commis par une Japonaise, dont on ignorait encore le mobile, mais dont la police était en train de recueillir les aveux. Adriano s'est figé en apprenant la nouvelle. J'ai regretté qu'on lui ait rappelé son deuil de manière aussi brutale. Craig est resté coi. C'est ce moment-là que le crooner de service a choisi pour susurrer quelques mesures de *Ti amo*, en donnant à sa voix rauque des inflexions amoureuses. Nous nous sommes quittés sans un mot. Cette soirée d'opérette se concluait sur un accord funèbre.

Craig

Au moment où nous nous sommes séparés, chacun s'apprêtant à rejoindre sa chambre, il y a eu entre nous un délicieux moment de flottement que je range sans vergogne au nombre de mes succès amoureux. J'ai eu la sensation qu'Elena hésitait à me suivre.

Presque en fredonnant, j'ai regagné ma chambre, où m'attendait une nouvelle nuit d'insomnie. Si la mort d'un bavard ne m'inspirait aucun remords, il n'était jamais entré dans mes projets de laisser condamner une innocente à ma place. En me livrant aux affres de la mauvaise conscience, le ragot du barman allait me priver du long sommeil réparateur que quelques verres d'alcool et la présence d'Elena, ce soir-là, à mes côtés, m'avaient laissé espérer.

Craig

Nuit mauvaise. Une maladroite se laisse glisser les menottes aux poignets, et c'est moi qui en fais les frais. Moi qui me tourne et me retourne entre mes draps, sans pouvoir caler ma nuque dans ces oreillers trop mous. Moi qui me relève pour affronter, dans le miroir de la salle de bains, un visage patibulaire. Je me découvre les traits d'un alcoolique, le regard d'un forcené, la lèvre molle d'un amoureux blessé. Ma paupière tombe sur un œil terne où ne s'éveille nulle étincelle, car ma tête creuse n'abrite à cette heure-ci ni rêve de fuite ni remords véritable. Je suis un rat piégé dans la souricière du crime, un de ces vilains rats du métro au poil sale et aux moustaches ternes.

Elena

Certains rêves sont de vieux ennemis, qui nous visitent fidèlement mais à date irrégulière, afin d'être assurés de toujours nous surprendre. J'ai retrouvé à l'instant cet escalier vétuste fait de planches incertaines et surmonté d'un plafond délabré, où je m'aventure les soirs de vilain sommeil. Je le gravis marche à marche, avec une difficulté croissante, quand je ferais mieux de rebrousser chemin. Je trébuche. J'écorche mes bras contre les murs. Ma tête heurte le plafond qui se lézarde. Je continue pourtant d'avancer jusqu'au moment où les marches s'interrompent. En me retournant, je comprends qu'il n'est plus possible de revenir en arrière. J'ai le souffle coupé lorsque je me réveille.

J'aimerais être chez moi en ce moment. Je me lèverais le plus doucement possible. Je gagnerais la cuisine sur la pointe des pieds. Je boirais un peu d'eau, avant de laisser le verre dans l'évier. En l'apercevant, le lendemain matin, mon mari me demanderait sur le ton affectueux du reproche : « Tu as mal dormi ? »

Sébastien

À l'heure où la lumière de l'aube pénètre dans le hall, on croit surprendre la pénombre des âmes et le silence des arrière-pensées. C'est ainsi que j'imagine le purgatoire : un no man's land sans couleur, où chaque pan de nuit contient un cas de conscience, où chaque surface baignée de clarté sourde porte l'espoir d'une rédemption.

Je n'ai plus à attendre très longtemps pour rentrer chez moi. Dans un instant, je passerai au vestiaire remettre mes habits de jour. Je retrouverai dans les rues les visages blafards du matin.

Dans quelques heures, quand je me réveillerai entre mes murs, l'hôtel m'apparaîtra comme un rêve étrange. L'illusion durera jusqu'au moment où je reprendrai mon service. Il m'est arrivé de rencontrer des clients qui venaient se promener à Montmartre pendant la journée, et dont le hasard me faisait croiser la route. Ils ne m'ont jamais reconnu.

Vendredi

Elena

Adriano n'avait sans doute pas eu le courage de se lever. Dans la pénombre de sa chambre, le buste soulevé par un demi-ronflement, il devait rêver que, presque nu sur une plage exotique, il échappait par hélicoptère à une cohorte de femmes langoureuses, qui tendaient en vain les bras vers lui.

Dans la salle du petit déjeuner, Craig, assis face à moi, avait la nuque raide et le teint gris. Nous n'avions pas touché à la pyramide de viennoiseries qu'une main diligente avait élevée pour nous dans une corbeille en argent. Toutes les femmes savent que le luxe est un coupe-faim. Sans un mot, nous regardions le miroir noir du café qui stagnait au fond de nos tasses. Des pensées vagues, semblables à des nuages lourds, passaient devant nos yeux. Le film de la journée avait déjà commencé. Et la fatigue nous tenait suffisamment éloignés l'un de l'autre pour que je m'abandonne sans remords au bonheur d'être avec lui.

Craig

Nous dînerons ce soir ensemble, Elena. Sans Adriano et sans témoins. Nous ne retournerons pas à l'Harmonie céleste. Pareils aux touristes frileux, qui n'envisagent pas de s'aventurer la nuit tombée dans les rues de la ville, nous nous réfugierons au restaurant de l'hôtel. Parce que c'est plus simple et parce que c'est chez nous.

Nous nous installerons face à face comme en ce moment. Nous penserons chacun à l'avion qui nous ramènera demain vers notre vie. Nous nous appartiendrons comme tous ceux qui doivent se quitter à l'aube. Je vous aimerai. Je vous le dirai sans doute. Vous n'aurez pas besoin de feindre la surprise. Et je vous regarderai vous débattre comme on le fait en de telles circonstances, avec des mots qu'on prononce au hasard, dans l'innocence de la confusion, et dont on se souviendra jusqu'à la fin de la vie.

Elena

J'avais entamé une de ces journées marathon qui justifient ma présence à Paris. Dans ces cas-là, je sais à quoi m'attendre : il faut travailler trop et mal, brasser des chiffres, enchaîner les rendez-vous, reprendre chaque fois la même discussion jamais aboutie. J'avance face à des gens embusqués et filandreux, qui semblent tenir la lenteur pour un gage de sérieux. Quand les discussions s'éternisent, ils lâchent avec délice le grand mot de négociation. Regarder sa montre trop souvent passerait auprès d'eux pour un manque de professionnalisme. En règle générale, je finis la journée sans avoir trébuché. Ce vendredi-là, cependant, m'attendait une épreuve que je n'avais pas envisagée.

J'ai perdu mon poste. C'est un de ces coups de tonnerre qui ne foudroient que l'intéressé mais lui donnent l'impression de tout emporter sur son passage.

La nouvelle m'a été signifiée vers quatorze heures. À la réaction de ceux qui m'entouraient, j'ai compris que tout le monde avait été prévenu avant moi. J'étais morte et je ne le savais pas. Rétrospectivement, j'ai presque été reconnaissante à ceux qui m'avaient ignorée en cours de semaine, peut-être pour jeter le doute dans mon esprit. Ils avaient au moins eu le courage d'être cruels. Pourquoi pas ? La lâcheté n'est pas plus généreuse.

J'avais trop de choses à régler ce jour-là pour perdre contenance. J'étais secourue par la petite voix qui, comme chaque fois que le temps presse, murmure « Plus tard, plus tard » à mon oreille. Sur le moment, le souci de l'immédiat m'a aidé à sauver la face. Certains ont dû penser que j'avais des nerfs d'acier. Ils étaient loin du compte.

Vers dix-neuf heures, chacun s'est éclipsé en évitant de me dire au revoir. La semaine était finie. Je me suis retrouvée seule autant qu'on peut l'être. Désarmée. C'est le seul moment où j'ai eu l'impression de perdre pied.

Quand je suis repartie vers l'hôtel, ma vie avait basculé. Je me retrouvais sans situation dans un secteur où les chutes sont irrémédiables. Ceux qui, la veille encore, vous couvraient d'éloges ne vous proposeront plus que des demi-mesures qu'ils auront soin de vous présenter comme des opportunités. Les refuser serait un suicide. En croyant résister, on ne fait que se déclasser un peu plus.

Sébastien

La cliente de Tokyo a été disculpée. On a vérifié son alibi. Les couteaux et les cravates qui semblaient la confondre ont été achetés deux jours après le crime dans une boutique proche de l'hôtel. En outre, on n'a pu établir aucun lien entre elle et le client de la 205. La voilà canonisée, après vingt-quatre heures aux enfers. J'ai tout de même regretté que son innocence ait été prouvée aussi vite. Les lecteurs de journaux à scandale seraient volontiers tombés amoureux de cet élégant puma ganté de daim violet.

Dans la foulée, elle a annoncé son départ de l'hôtel. Quand elle a rendu la clé et signé sa facture, j'ai eu l'impression d'avoir face à moi une héroïne de la Résistance.

Les policiers ont repris leur ballet dans les couloirs du *Paradise*. Des requins qui croisent, au large d'une plage de luxe, et dont on n'aperçoit que les ailerons. Pour me tenir compagnie, j'ai placé devant moi le couteau que j'ai ramassé mardi matin à l'aube. Je m'en sers parfois pour ouvrir une enveloppe. Il a désormais sa place sous ma lampe, insolite et familier.

Elena

J'ai rejoint le *Paradise*, où, pour une nuit encore, la maison de couture m'avait réservé une jolie chambre, peut-être pour me faire croire qu'elle me traitait avec élégance. Fini, bientôt, le peignoir moelleux et le chocolat sur l'oreiller.

Appeler mon mari serait une épreuve. Le récit de ma disgrâce se transformerait en comparution. Il me demanderait avec gravité ce qui avait pu justifier la décision de la société. Il mettrait beaucoup de sollicitude à instruire mon procès. Parler à Craig serait plus simple et sans conséquence. J'essaierais sur lui l'annonce de la nouvelle avant d'appeler chez moi. Je n'ai pas eu conscience de commettre une infidélité en demandant à la réception si l'hôte de la chambre 401 était déjà rentré.

— Non, madame, sa clé est là. Voulez-vous laisser un message ?

Je n'aimais pas l'œil bleu clair du réceptionniste. Depuis le premier jour, cet homme-enfant semblait attendre ma chute. Je n'avais pas imaginé lui donner raison aussi vite.

— Pas pour l'instant, merci.

Ma voix était sèche, comme si j'avais quelque chose à me reprocher.

J'ai rejoint d'un pas de condamnée la foule solitaire de ceux qui avaient occupé avant moi la chambre 203. Je me suis allongée sur le lit. À cette même place, un homme s'était écroulé ivre mort, un soir, sans parvenir à retirer ses chaussures. Un autre avait décroché le téléphone pour mentir à sa femme, tout en embrassant sa maîtresse. J'ai senti passer leur ombre sans avoir la force d'implorer leur aide.

Dans quelques jours, à Florence, une inconnue viendrait s'asseoir dans mon bureau. Elle occuperait mes fonctions et toucherait mon salaire. Pas pour longtemps, la malheureuse. Je le savais déjà et, ce soir-là, j'avais encore assez d'imagination pour la plaindre. À Paris, elle serait logée dans ma chambre. Elle se maquillerait dans ma salle de bains, s'assoirait dans mon fauteuil et s'allongerait sur mon lit, avant d'être à son tour jetée par-dessus bord.

J'ai fait couler un bain en regardant, dégrisée, ce décor dont je m'étais imaginé le premier soir, qu'il me protégerait de tout. La vasque blanche et le miroir brillaient d'un éclat irréprochable. Les serviettes épaisses et les fioles de bain moussant m'avaient attendue docilement pendant ces heures où, très loin, dans un autre monde, de mauvais génies manigançaient ma chute. Ces amulettes n'avaient pas su déjouer le mauvais sort. Je ne pouvais pas m'empêcher de leur en vouloir un peu.

J'ai approché de mon visage un cube de savon vert pâle, poli comme un morceau de jade, qui a répandu dans l'air un frais parfum de menthe. Il était plus doux qu'un galet adouci par la mer et d'une tiédeur presque végétale. Je l'ai serré dans ma main comme si je croyais encore en son pouvoir. Je l'ai passé sur mon front pour effacer ma disgrâce, mais le conte de fées avait pris fin : aucun esprit secourable n'a dressé face à moi ses clochettes et son turban.

Les phrases que j'avais enregistrées au cours de la journée me sont revenues en tête lorsque j'ai plongé ma nuque dans l'eau brûlante. Bourdonnant à mes tympans, les voix continuaient leur symphonie bavarde. Les visages, en revanche, s'évanouissaient. L'absence commençait à les dévorer. Les mots sont plus tenaces que les regards.

Enfin, le téléphone a sonné. Ce ne pouvait être que Craig. Mon mari appelle après le dîner et toujours sur le portable. Je ne suis pas allée répondre mais j'ai rappelé dès que j'ai été prête. Je savais qu'il m'attendait. Je l'imaginais dans sa chambre, assis sur son lit ou faisant les cent pas. Il y avait une personne à Paris, ce soir-là, qui espérait ma présence.

Nous nous sommes retrouvés dans la salle à manger où nous nous sommes installés face à face, comme deux personnes qui se connaissent depuis très longtemps.

Craig

J'avais l'impression qu'elle s'était habillée pour un dîner de gala. Robe noire, paupières mauves. Elle m'a paru plus mince que la veille, peut-être légèrement réticente. J'ai retrouvé en la regardant cet air douloureux et courroucé du premier soir, ce retrait de toute sa personne, qui m'avait semblé si romanesque alors. Elle tombait d'un livre pour venir s'asseoir à ma table et je goûtais comme un grand vin cette page de littérature italienne qui m'avait donné rendez-vous au restaurant de l'hôtel.

Pendant que nous dînions, un couple s'est installé à une table derrière la nôtre. La femme lui ressemblait un peu. J'avais désormais en perspective une autre image. Elle m'apparaissait telle qu'elle aurait pu être un autre soir, en présence de son mari, dans la pesanteur et la douceur de l'habitude. Je les ai vues toutes deux faire les mêmes mouvements de la même manière : refermer la carte avec un geste précis, déplier la serviette d'une main méticuleuse, tourner avec application la cuillère dans leur tasse à café.

Elena

Tout près de nous, derrière Craig, un couple pitoyable et légendaire : une femme très jeune accompagnée d'un homme qui ne l'est plus du tout. Il a commandé un grand cru. Le dessert approche. Il lui reste un quart de la bouteille qu'il finira jusqu'à la dernière goutte, mais à petites gorgées, parce qu'il doit penser qu'il est moins vulgaire de boire lentement. En attendant, il lui inflige des souvenirs qu'elle connaît déjà ou des aveux auxquels elle ne croit plus. Il parle. Il lui joue l'abominable comédie de l'homme qui sait. Comment pourrait-il en être autrement ? Il tient à finir ce vin très onéreux. D'ailleurs, il n'est pas impatient de se retrouver seul avec elle. Les ors de la salle à manger donnent du lustre à leur couple sans éclat. Elle perd sa vie en l'écoutant parler et en le regardant boire. Parfois, la nausée lui vient, quand elle fait l'inverse, quand elle l'écoute boire et le regarde parler, gorgé de lui-même, pâteux, abêti jusqu'à la lie. Après quoi, d'un pas résigné, ils regagneront leur chambre, qu'il aura l'impression de lui avoir offerte parce que c'est lui qui paiera la note en partant.

Mon regard s'est aiguisé au fil du temps et ne laisse aujourd'hui que très peu de chances à ceux que je rencontre. En ce moment, pourtant, Craig me sauve de cette lucidité qui me désespère.

Je sais ce qui m'attend dans les jours qui viennent : un retour piteux chez moi, la lourdeur puis la recherche d'un nouvel emploi. Les lettres sans réponse, les rendez-vous repoussés, les entretiens qui débouchent sur des promesses sans lendemain. Grâce à lui, une porte s'ouvre encore, au moins pour une soirée.

Craig

Les boucles d'oreilles d'Elena sont assorties aux rideaux de la salle à manger. L'harmonie cachée qui la lie aux coloris du *Paradise* ressemble à une prédestination. Je la regarde et je me dis qu'elle était là depuis des années, qu'elle devait attendre patiemment notre rencontre. Son visage est à la fois un souvenir et un présage.

Elena

Les mots m'ont brûlé les lèvres à la fin du dîner. Je sentais qu'il fallait répondre pour Craig à des questions que personne autour de moi ne me pose jamais : si j'étais heureuse, par exemple, ou si, avec le temps, ma vie avait fini par me ressembler.

Craig

Elle me raconte qu'elle reste des heures à travailler, dans leur maison, face à face avec son mari, l'un et l'autre absorbés dans une activité intense et distincte.

— Nous n'échangerons pas un mot de toute la

journée, mais nous restons dans la même pièce. Rien ne nous séparera pendant toutes ces heures. C'est quelque chose, n'est-ce pas ?

— Et moi, qui suis en face de vous, ce soir, c'est quelque chose aussi ?

Elle sourit sans répondre. Je reste dans mon rôle d'amoureux taquin.

— Vous êtes heureuse quand vous êtes avec lui ?

— En principe, mais chaque fois qu'il soupire, je me sens légèrement blessée.

— Je trouve émouvant que vous l'aimiez à ce point.

— Je trouve délicat que vous vous en rendiez compte.

Cette fois, c'est moi qui lui souris.

Elena

Je suis restée silencieuse chaque fois qu'il a dit : « Si nous nous revoyons », « Quand nous nous reverrons ». Tout de même, quand il a commencé une phrase par « La prochaine fois que… », j'ai soufflé « Pensez-vous ? », ce qui, malgré moi, sonnait plus comme un refus que comme une question.

— Vous ne m'avez toujours pas donné votre adresse, a-t-il ajouté, vous le savez.

Au lieu de lui tendre bêtement une carte de visite, j'ai esquissé un geste vague, que je voulais plein de promesses et d'espoir, et qui m'a fait du bien. Mais j'ai tenu bon :

— Vous m'avez laissé la vôtre. Et puis, échanger des coordonnées est souvent une manière de mentir. Je ne suis pas certaine que ce soit ce dont j'ai envie.

Il a secoué la tête pour récuser l'argument.

De toute façon, rien ne pressait, parce que nous nous reverrions le lendemain matin.

Craig

Je regardais ses yeux inquiets, mobiles, ses mouvements de tête, pendant qu'elle parlait. Ce mélange de grâce et de brusquerie qui me fait observer pendant des heures le manège des oiseaux. Je l'imaginais mouette, héron, s'envoler d'un coup d'aile ou se poser sur un plan d'eau. Je la voyais aussi, redevenue femme, passer la main sur ma joue, attirer mon visage contre son épaule ou caresser ma nuque.

Tout à l'heure, au dos d'une enveloppe, j'ai tracé trois lettres, LNA, dont la réunion a ressemblé à un petit miracle : épiphanie suivie d'une ascension. Elle apparaissait et je montais au ciel.

Elena

La soirée aurait été différente si Stefano m'avait appelée à l'heure convenue. Mais le petit monstre noir que j'avais placé à côté de mon assiette n'a pas vibré de la soirée. Voulait-il me faire comprendre que c'en était fini de ses manifestations intempestives et qu'il me ferait désormais souffrir par son silence ? Je n'ai pas retiré ma main quand Craig a approché la sienne. Je n'ai pas interrompu ses phrases qui commençaient par : « Avec vous… » Je l'ai suivi dans sa chambre où j'ai passé la nuit. Je savais qu'il ne fallait pas, et je savais aussi qu'il le fallait, pourtant.

Samedi

Craig

Elle n'était plus à côté de moi lorsque j'ai ouvert les yeux. J'ai décroché et composé son numéro. Elle faisait ses bagages. Je devais me hâter de boucler les miens. Nos avions partaient presque à la même heure, de deux aéroports différents.

J'ai quitté cette chambre d'hôtel en essayant de la revoir, comme le premier jour, à la manière d'un lieu anonyme et vacant. Impossible d'y parvenir. Chaque objet appartenait désormais à mon histoire. La lampe de chevet. Le combiné du téléphone. J'ai jeté un regard circulaire sur la pièce. L'inspection de dernière minute virait à la nostalgie. Regrettable confusion des genres.

En me voyant apparaître, avec ma valise et mon air penaud, le garçon d'ascenseur m'a demandé si j'avais passé un agréable séjour. J'ai simplement murmuré: inoubliable, ce qui a eu l'air de le rassurer, alors même que ma voix rendait un son lugubre. Ce garçon réagit toujours à contretemps. Il m'a regardé, les yeux pétillants, insistant et gracieux, chercher dans ma poche quelques euros pour lui. À ma grande honte, je n'ai rien trouvé. Il s'est tout de même abstenu de faire la grimace.

Elena

Nous avions le temps de prendre un café avant que nos taxis ne viennent nous chercher. Nous savions que nous n'aurions pas d'autre rendez-vous. C'est parfois très doux de ne rien espérer. Passé quarante ans, le hasard bouscule la vie au lieu de la construire. Il n'est pas désagréable de savoir qu'il va prendre fin.

Nous nous sommes installés côte à côte à une terrasse que léchait un rayon du soleil d'automne. Nous avons passé un quart d'heure à regarder alternativement nos tasses et les passants. Je le sentais à la fois très intime et très lointain. Nous sommes restés ainsi, épaule contre épaule, bercés par le chagrin de devoir nous séparer.

Craig

J'ai tout imaginé avant de la quitter. Je ne retournerais pas aux États-Unis. Nous finirions notre vie ensemble, en louant des chambres d'hôtes sur la côte bretonne. Nous écririons un essai poétique et visionnaire de huit cent soixante-douze pages qui n'intéresserait même pas nos amis les plus proches. Ou alors nous nous perdrions de vue avant de nous retrouver dans quelques années, par hasard, sur une île grecque, où nous nous présenterions nos conjoints à la tombée du jour avec une politesse excessive. Ou nous quitterions l'hôtel au milieu de la nuit, sans régler la note, dans une voiture volée, pour commettre des crimes inexplicables.

Aux entrelacs chimériques des rêves, je préférais tout de même une connivence matérielle. Je voulais croire que nous achèterions une voiture en commun, qui nous attendrait dans un garage parisien et dont nous nous servirions à tour de rôle au gré de nos voyages. Ou que nous scellerions notre sort en achetant un billet de loto qui ferait de nous des milliardaires sans morale et sans mémoire.

Mélanger nos papiers d'identité, nos billets d'avion ou nos moyens de paiement me paraissait extrêmement vraisemblable. J'attendais, non sans impatience, de découvrir les détours que le hasard choisirait pour nous marier.

Elena

Mon taxi est arrivé. Je me suis levée. Le chauffeur, un vieux monsieur à casquette, a ouvert le coffre et s'est emparé de ma valise. Je me suis retournée vers Craig.

La manière masculine de ne pas agir est d'invoquer le hasard. Il regardait le ciel quand je lui ai dit au revoir. Lorsqu'on voit quelqu'un pour la dernière fois, on n'est jamais obligé de le formuler. On peut se contenter de banalités ou de vœux très abstraits. Dans ce domaine, rien n'est indispensable, sinon, pour une femme maquillée, de retenir ses larmes.

Craig

Une seconde après son départ, alors que la voiture venait de disparaître au coin de la rue, le réceptionniste est sorti de l'hôtel par une porte latérale. Il avait la démarche lasse, le teint livide. Il portait un blouson dont il avait relevé le col, ce qui lui donnait l'allure défaite d'un joueur auquel la nuit n'a pas porté chance.

Il a marqué une pause en croisant mon regard, avec l'air fautif d'un enfant qui vient de jouer un mauvais tour. Il a jeté un coup d'œil sur la table où nos tasses voisinaient encore. J'ai eu envie de le héler. C'était la seule personne à laquelle j'aurais pu parler d'Elena. Mais sa silhouette s'est escamotée au coin de la rue, me laissant tout à fait désemparé. Il s'est écoulé un temps interminable avant que mon taxi ne finisse par arriver.

Elena

En roulant vers l'aéroport, j'ai enfin ouvert l'enveloppe qu'Adriano avait laissée pour moi à la réception. Elle contenait un petit compliment par lequel il m'assurait que ma présence l'avait beaucoup aidé à supporter le deuil, et laissait entendre qu'il n'aurait pas détesté coucher avec moi. Il passait du cimetière à l'alcôve avec un aplomb qui m'impressionnait.

Même s'il lui avait joué la comédie d'une certaine amitié, la carte ne contenait pas un mot sur Craig. Aucune allusion non plus à Stefano, auquel il avait fait semblant de s'intéresser un soir, probablement dans le but de me mettre en confiance. Au fait, à propos de Stefano, où était passé le cadeau que j'avais acheté pour lui ?

Craig

Dans la précipitation du départ, elle a laissé près de ma valise un sac contenant un paquet. En l'ouvrant dans le taxi, j'ai découvert une écharpe très douce aux couleurs de l'automne. Un de ces cadeaux feutrés que les femmes réservent aux hommes qu'elles aiment. Un de ces cadeaux dont ils ne parlent à personne, mais dont ils ne se séparent jamais. Les attentions d'Elena relèvent d'une perfection d'ordre musical.

À quel moment a-t-elle décidé qu'elle ne quitterait pas l'hôtel sans m'offrir quelque chose ? A-t-elle mis du temps à se décider ? Comment s'est-elle arrangée pour déposer ce sac contre mes bagages sans que je m'en aperçoive ? Un seul mot porte en lui toutes les réponses : féminité.

J'ai enroulé le lainage autour de mon cou, non sans avoir cherché au fond du paquet une adresse, un numéro de téléphone ou au moins quelques mots tracés sur une carte. Il n'y avait rien : Elena avait préféré l'écharpe à la rhétorique. C'était assez normal, après tout. Elle travaillait dans la mode, pas à l'université. Mais le fait est qu'on en veut toujours plus. En me découvrant l'affreuse ingratitude d'un enfant gâté, je nous en voulais un peu, à elle et à moi. J'ai réduit le papier cadeau en boule avec agacement.

Sébastien

J'ai décidé de me débarrasser du couteau quand j'ai remarqué qu'il attirait le regard des clients. Seule la police n'y prêtait aucune attention, mais qui sait ? Les malentendus sont plus plausibles que la vérité. Peu avant de quitter l'hôtel, je l'ai glissé dans un bagage. Le hasard, la providence ou la justice divine se chargeront du reste.

Sébastien

Le rapport d'autopsie rédigé par le médecin légiste mettra fin à bien des conversations. C'est d'une crise cardiaque qu'est mort Arturo Rapanazzi. Cet homme-là avait le cœur faible, voilà tout. Il n'a jamais été assommé. Tout au plus a-t-il reçu à la tempe un choc bénin. Pour le reste, l'enquête a montré que sa suite n'avait pas été fouillée par un cambrioleur. Le désordre dans lequel on a trouvé papiers et vêtements n'était dû qu'à un peu de négligence.

Il est possible qu'en ouvrant sa porte, le client soit tombé sur un rat d'hôtel qui s'apprêtait à la quitter. Il s'est effondré, en proie à un malaise et le voleur s'est affolé, mais c'est à peine s'il a précipité une mort inéluctable. Peut-on même parler de lutte ? Sa blessure au cou était une simple entaille. Le cœur a lâché presque aussitôt. L'homme de Parme ne respirait déjà plus quand le ruban de soie où couraient des éléphants vert pâle s'est retrouvé en boule au fond de son gosier. Autant dire qu'à la lettre, il n'a pas été étouffé.

Désormais, on cherche plus mollement le voleur

bredouille auquel nul ne donne plus le nom d'assassin. L'enquête touche à sa fin. Le permis d'inhumer vient d'être délivré. Les policiers quittent l'hôtel l'un après l'autre. La direction triomphe.

Dans quelque temps, tout le monde aura oublié que l'homme de Parme est mort dans les bras d'un inconnu qui, loin de lui porter secours, lui a tout de même fait avaler sa cravate.

Craig

En lisant la nouvelle dans l'avion, je n'ai pas pu réprimer une exclamation de mauvaise humeur. Arturo Rapanazzi faisait partie de ces êtres dont la médiocrité contamine tout ce qui les effleure. Enrichissez-les, ils iront placer leur magot à la Caisse d'épargne. Tuez-les, on vous expliquera qu'ils sont morts d'indigestion.

On m'a souvent reproché mon élitisme. Non sans raison. Mais n'est-il pas justifié par les faits ? À quoi bon perdre son temps à tirer certaines existences de l'ornière où elles font leur nid ? Depuis que j'ai appris la nouvelle, je ne ressens plus aucune présence à mes côtés : le fantôme s'est évanoui, de mort naturelle. *Exit* Arturo, dont le seul fait de gloire fut de m'avoir, bien involontairement, présenté Elena.

Pour me changer les idées, j'ai fermé les yeux et rédigé mentalement un autre article, moins mensonger. Il s'intitulait : « Un assassin séduit une femme avec l'aide de sa victime ».

Elena

C'était à peine plus qu'un entrefilet. Je ne l'aurais pas remarqué si mon avion n'avait pas été retardé, et si je n'avais pas épluché le journal pour tromper mon attente. L'homme triplement assassiné est décédé de mort naturelle. J'avais envie d'ajouter que ce séducteur aux trois femmes n'avait sans doute été aimé par aucune. Ce fut ma première pensée.

La seconde fut pour Craig, qui avait prêté à l'affaire un étrange intérêt. Je me suis dit qu'il avait eu beaucoup plus d'imagination que la vie.

Dimanche

Elena

J'étais une autre ce jour-là. J'avais retrouvé Stefano, mes enfants, ma maison. Mes objets aussi, qui sont beaucoup plus que des objets. Un couple d'amis très chers était venu déjeuner, mais quelque chose en moi continuait de vivre à Paris.

Je me sentais vide, un peu fautive, un peu rêveuse. Moi qui n'aime pas séjourner à l'hôtel, j'éprouvais la nostalgie des longs couloirs du *Paradise*, de l'éclat mensonger des lustres démultiplié par les miroirs. J'essayais de me persuader que ce n'était pas Craig qui me manquait, mais le hall, le bar, l'ascenseur et le jardin d'hiver.

Craig

Ce sont deux petits mots simples qui rendent d'infinis services : décalage horaire. Ils ferment la bouche à toutes les curiosités. Ils ont même un effet magique sur Vicky.

Elle admet volontiers que je sorte de l'avion comme d'une torpeur et que chacun de mes déplacements se solde, pour des raisons techniques, par une immense fatigue. Je trouve ainsi le temps de mettre en ordre mes souvenirs, d'extraire du flou le racontable et de lui donner une forme satisfaisante.

Je caviarde le crime, tais le corps d'Elena, extrais de mon voyage quelques anecdotes significatives. Le déclin français est mon fonds de commerce. Depuis des années, chacun de mes séjours me donne des arguments supplémentaires. Pourtant, si j'avais vraiment raison, mon sujet se serait dissous de lui-même, ce qui, en prouvant la justesse de mes analyses, m'aurait retiré le pain de la bouche. Je prépare mentalement le monologue que je réciterai à Vicky lorsque j'aurai fait le tri. Entre-temps, je me réacclimate à ses taches de rousseur, à son eau de Cologne et à sa voix.

Les inflexions graves d'Elena s'éloignent de moi. Comme son nom. J'ai intitulé un fichier LNA sur le bureau de mon ordinateur. C'est une manière de penser à elle. Mais le fichier est vide et les trois lettres accusent une inquiétante perte de substance. Elena maigrit, diminue, s'évanouit. Les images les plus récentes sont les premières à disparaître, m'a prévenu le médecin. Le processus ira en s'accélérant.

Je me souviens d'elle. Pour le moment. Mais son visage va bientôt s'estomper. Vicky est face à moi. Je sens bien que c'est elle qui aura le dernier mot.

Je défais mes bagages. Linge. Papiers. Où sont passées les notes que j'avais prises à la bibliothèque ? Je ne sais plus. Je confonds déjà. Et cet objet, à présent… Comment est-il encore en ma possession ? Je croyais avoir tué un homme dont les journaux assurent qu'il est mort sans violence. Je croyais avoir abandonné dans la rue une arme que je retrouve dans la poche extérieure de ma valise. Je croyais avoir aimé une femme et commis l'irréparable, mais ce mot n'a plus beaucoup de sens dans mon cas. La seule éternité qui me reste encore est celle des souvenirs d'enfance. C'est à eux que j'appartiens désormais. Et à Vicky, qui me fermera les yeux et que je finirai peut-être par appeler maman.

Six mois plus tard

Vicky

L'automne et l'hiver qui a suivi ont été les plus éprouvants de ma vie. L'état de Craig s'est brusquement aggravé. Il est revenu de Paris sombre, rêveur, absent. J'ai compris que nous entrions dans un tunnel dont nous ne sortirions pas – ou du moins pas ensemble. Longtemps, j'avais hésité à évoquer sa maladie devant des tiers. Il n'était plus possible de la cacher. Début novembre, il a suspendu ses cours et annulé sa participation à plusieurs colloques. Ensuite, c'est moi qui me suis chargée de refuser en son nom les invitations qu'il recevait encore.

Nous sommes restés face à face dans la maison que nous avions choisie il y a dix ans, à la lisière d'une forêt somptueuse de la Nouvelle-Angleterre. Elle s'est avérée un lieu idéal pour sombrer dans la démence. Nous savions qu'il n'y avait plus rien à faire pour éviter le pire, que chaque heure nous était comptée. Nous ne parvenions plus à nous parler. J'évitais même de le regarder. Les journées étaient sinistres, les soirées accablantes. Il demeurait prostré, tandis que je me repassais mentalement le film qui nous avait menés jusqu'à cette impasse.

Le plus dur n'était pas de vivre avec ce mort-vivant, mais de savoir – ce que je n'ai jamais avoué à personne – qu'il m'avait quittée bien avant d'y être contraint par la maladie. L'avais-je déçu au cours de notre vie commune ? Il m'était impossible de deviner à quel moment il avait cessé de m'aimer. L'hypothèse la plus plausible était aussi la plus cruelle : au fond, Craig n'avait jamais été fou de moi. Les professeurs qui épousent leur étudiante sont parfois mus par le narcissisme. Peut-être n'avait-il été attiré que par l'admiration qu'il m'inspirait. En moi, il avait trouvé une disciple, presque une adepte, ce qu'il cherchait sans doute. J'ai fini par être son infirmière, ce qu'il n'avait pas dû anticiper. Qu'aurais-je pu lui apporter de plus ? Il disait souvent que ses étudiants manquaient d'audace et le désespéraient par leur docilité. J'ai souvent pensé, en entendant ce reproche, qu'il m'était en partie destiné.

Pendant le terrible hiver où nous avons fait prison commune, je me suis demandé quels espoirs il avait pu jadis fonder sur moi. Je n'ai pas su trouver de réponse. Peu après son retour de Paris, à l'époque où il me parlait encore, il répétait que, depuis que la mémoire lui faisait défaut, l'inoubliable lui était désormais refusé. Était-ce moi qu'il visait ? Il disait aussi qu'il avait médité, dans le seul but de s'étonner lui-même, d'accomplir un acte rare et imprévisible. Nous étions enfermés dans un étrange huis clos, où, pour se divertir de notre commun désastre, chacun de nous ressassait des échecs qui lui étaient propres.

Le médecin m'avait prévenue qu'au cours de certains accès de colère, Craig pouvait devenir dangereux. Je n'ai jamais eu peur en sa présence, même si, sur la fin, son caractère s'est effectivement altéré. Mieux aurait valu, semble-t-il, que je ne reste pas seule avec lui. Mais avais-je le choix ? Tous nos proches avaient pris la fuite. Craig vivait encore qu'il n'intéressait déjà plus personne.

Par une sorte d'ironie macabre, le dernier courrier qu'il ait reçu émanait d'une instance de police internationale. Il s'agissait d'une demande d'audition. Un règlement incompréhensible voulait que lui soit signifié de vive voix le résultat de je ne sais quels relevés d'empreintes ou de traces d'ADN, qui, de toute façon, ne pouvaient le concerner. Pour toute réponse, j'ai adressé quelques semaines plus tard aux services qui l'avaient sollicité un certificat de décès.

Craig est mort au début du printemps, à la date dérisoire du 1er avril. Je n'avais pas eu le temps de me préparer à cette disparition à laquelle je pensais pourtant depuis des mois. La première semaine, quelques amis de longue date se sont manifestés. Ses collègues ont pris le relais, en m'envoyant des condoléances polies mais sans chaleur. Les rares courriers que j'ai reçus ensuite venaient des notaires et du fisc.

Elena

Les lettres d'amour sont des bouteilles à la mer. On les lance dans les flots parce que la jetée s'arrête et qu'on ne sait plus comment atteindre ceux qui se sont éloignés. On n'en espère rien, et c'est pour cette raison qu'il serait injuste de ne pas les envoyer.

J'ai beaucoup tardé avant de poster la mienne, mais je pense que ceux qui nous font rêver méritent de le savoir, même et surtout quand on devine qu'on s'est trompé sur eux. Reste que, parfois, on hésite longtemps avant de se décider à dire Je t'aime, et plus encore à l'écrire. Un jour, j'ai senti que j'avais suffisamment attendu.

Vicky

Un samedi matin, au début de l'automne, j'ai trouvé dans ma boîte aux lettres une missive postée d'Italie, signée d'un prénom que je ne connaissais pas. Une dénommée Elena écrivait à Craig dont elle ignorait la mort et sans doute la maladie. Elle se plaignait de ce que son hiver avait été difficile. Elle parlait un peu de sa situation, qui restait précaire, et finissait, dans une pirouette élégante, par avouer à Craig qu'elle pensait souvent à lui et que son humour lui manquait.

J'ai laissé la lettre sur mon bureau, ne sachant comment j'y répondrais. Un faire-part aurait été trop laconique. Une réponse manuscrite, trop bavarde. Cette Elena savait-elle seulement que Craig était marié ?

J'ai pensé toute la journée, puis toute la nuit à ce courrier dont je me serais bien passée. Il me blessait non seulement par la révélation d'une aventure que je n'avais jamais soupçonnée mais par l'insouciance et la légèreté qui semblaient l'avoir entourée. J'ai mesuré, par contraste, dans quelle lourdeur j'avais enfermé celui que j'aimais. La lettre me semblait avoir été postée des années plus tôt, dans un pays très éloigné que nous avions habité au début de notre mariage, et que nous avions quitté sans nous en apercevoir.

Auprès de cette correspondante inconnue, le prestige de Craig n'avait nullement été entamé par la maladie. Elle s'adressait à l'être impressionnant et facétieux qu'il avait peu à peu cessé d'être aux yeux de tous, y compris des miens. Dans ses sentiments, je reconnaissais le mélange de confiance et d'inquiétude qu'il m'avait inspiré quand j'avais fait sa connaissance. Craig ressortait du néant, avec son prestige, sa séduction, son ironie – mais c'était pour répondre à l'amour d'une autre femme.

Il a plu tout le dimanche, et ce jour-là, je m'en souviens, je n'ai parlé à personne. J'ai fait les vitres, changé mes draps et nettoyé la maison. Je me sentais devenir maniaque. Je me suis fait du thé. Occupation de vieille dame. En début de soirée, quand la nuit a commencé à tomber, j'ai repris la missive en essayant, cette fois, de la lire avec les yeux de Craig. Comment l'aurait-il jugée, lui qui considérait qu'une lecture n'est jamais neutre, qu'il faut toujours s'astreindre à adopter plusieurs points de vue sur un même texte ? Et quelle réponse aurait-il imaginée ? La question m'a laissée songeuse.

Un peu plus tard, je me suis souvenue d'une communication qu'il avait faite sur le roman épistolaire du XVIIIe siècle français. Il avait expliqué que les lettres nous informent moins sur la psychologie de leur auteur que sur celle de leur destinataire. C'est toujours en fonction de celui-ci qu'elles sont composées, le rédacteur jouant simplement le rôle d'un miroir déformant. Ainsi, la lettre exprime non les sentiments de son auteur mais ceux qu'il se sent tenu d'éprouver pour qu'elle soit lue de manière passionnée. J'ai encore dans l'oreille le timbre de sa voix, discrètement triomphant, quand il avait achevé son intervention et je me souviens de l'enthousiasme qu'elle avait suscité. Qu'est-ce donc qu'un échange de correspondance, avait-il conclu, sinon un vaste jeu de société dont la règle est que chacun doit tricher ?

Alors, dans le soir qui tombait, je me suis installée à sa table devant un bloc de papier à lettres. Il ne devait pas être impossible de concocter à l'inconcevable Elena une réponse qui se tenait. Je veux dire : une lettre qu'il aurait pu signer.

Le défi m'amusait. Il me procurait le triple plaisir de malmener une rivale, de renouer avec le badinage de mes jeunes années et d'appliquer au mot près les préceptes du maître qui était devenu mon mari. C'était bien plus qu'un exercice de style. Pour la première fois depuis des mois, j'avais l'impression de sentir presque physiquement la présence de Craig à mes côtés. Il se penchait sur mon épaule, s'amusant de mon audace, hochant la tête à certaines formules et me refusant parfois certaines facilités. Le temps, qui ne passait plus, depuis des semaines, et dans lequel il me semblait m'être engluée, recommençait à filer. En regardant ma montre, je me suis rendu compte que j'avais travaillé près de deux heures à mon petit chef-d'œuvre. Je conviens qu'en le relisant, je n'ai pas été mécontente du résultat.

J'ai ouvert le tiroir et j'en ai tiré le stylo de Craig, que j'avais religieusement remisé le lendemain de sa mort. J'ai recopié ma lettre sans avoir à me forcer pour adopter sa grosse écriture noire toute en pics et en aspérités.

Restait la chute. Il manquait à la dernière ligne quelque chose de fort et de bref, en guise de couronnement. Un dernier coup de cymbale avant l'arabesque de la signature. Je manquais d'idée. En désespoir de cause, j'ai finalement recouru aux deux seuls mots d'italien que je connaissais : *Ti amo.* C'était simple, évidemment, mais, au moment où je les ai tracés au bas de la page, j'ai senti que j'avais fait mouche et que, très loin dans les limbes, Craig levait haut son pouce en signe d'approbation. Il saluait ainsi ma manière – un peu oblique, il est vrai – de lui être fidèle. Ou peut-être pensait-il que, pour la première fois, l'élève faisait honneur au maître. Quoi qu'il en soit, forte de cet encouragement virtuel, j'ai signé de son nom sans l'ombre d'une hésitation.

Le lundi matin, en partant travailler, j'ai posté ma missive destinée à l'évanescente Elena. Depuis, j'attends sa réponse. Je me demande combien de temps il me faudra pour régler mes comptes avec elle et avec Craig. Et comment, quand viendra l'heure, je lui porterai le coup de grâce. Mais je suis encore loin du but. Pour l'instant, je goûte les piqûres de l'impatience. J'ouvre ma boîte aux lettres avec des frissons de jeune amoureuse. À l'heure du courrier, il m'arrive de sourire toute seule. Je me demande même à quoi ressemble le facteur. Ce sont des sensations dont j'avais perdu le goût depuis des années, et qui me font trouver le printemps délicieux.

Cet ouvrage a été composé par IGS-CP
à L'isle-d'Espagnac (16)

Imprimé en France par

MAURY IMPRIMEUR
à Malesherbes (Loiret)
en mars 2014

POCKET – 12, avenue d'Italie – 75627 Paris Cedex 13

N° d'impression : 188692
Dépôt légal : janvier 2014
Suite du premier tirage : mars 2014
S23785/03